KB126891

어쩌면 너의 이야기

동화에세이 D,D 1집
어쩌면 너의 이야기

동화에세이 D,D 1집

어쩌면 너의 이야기

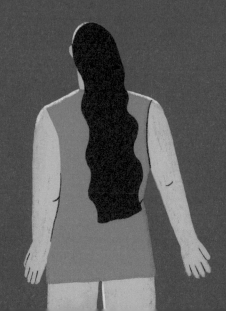

송선미

오달빛

구본순

송현정

권현실

조은경

출판사 핌

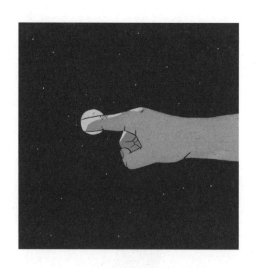

누구나

마음속에

아름다운 이야기는

있는 거니까.

차례

아리코

글 송선미
그림 고아리

우주에서 지구를 가만히 바라봐.

저기 저 끝에 반짝하고 빛이 나는 곳이 있네. 반짝, 반짝, 반짝!

앗! 빛이 사라졌어.

잠깐만, 또 반짝하고 빛이 났어. 저게 뭘까? 궁금한데 우리 가까이 가볼까?

가까이 갈수록 더 환하고 반짝거려. 이게 뭐야? 보석으로 만들어진 성이네. 엄청나게 많은 보석이 성벽에 붙어있어.

저기를 봐. 햇살을 받아 보석들이 셀 수 없이 아름다운 빛깔을 뿜어내고 있어.

이제 성의 꼭대기를 한번 볼까? 작은 글씨가 있네. ㅇ...아...리... ㅋ...코...? 아리코?

아, 아리코 왕국!

저 성에는 누가 살고 있을까?

아리코라는 왕국이 있었어요. 그 왕국에는 작은 얼굴에 팔다리가 길고 투명한 머리카락을 가진 공주가 살고 있었어요. 공주는 투명한 머리카락이 싫지 않았어요. 남들과 다른 모습이 오히려 마음에 들었지요.

공주에게는 소원이 하나 있었어요. 사랑하는 사람을 만나 행복하고 평화롭게 사는 것이었어요. 어느 날 공주는 머리가 크고 팔다리가 긴 왕자를 만났어요. 왕자를 보자마자 공주는 마음속에 떠오르는 말이 있었어요.

'아⋯⋯, 좋다.'

왕자도 순수한 마음의 공주가 특별하게 느껴졌어요.

두 사람은 사랑에 빠졌고 공주와 왕자의 입가에는 미소가 끊이지
않았어요. 얼마 지나지 않아 공주와 왕자는 결혼을 했고, 결혼한 후
에도 두 사람은 여전히 행복했어요. 왕자는 공주를 소중하게 생각했
고, 늘 공주를 배려해 친절한 목소리로 얘기했어요. 때로 공주가 크
고 작은 일에 속상해 하소연하면, 지혜롭고 공정하게 판단하며 조언
을 해주었어요. 공주는 그런 왕자를 사랑하고 존경했어요.

그러다 두 사람의 아이가 태어났어요. 아이의 이름은 왕국의 이름
을 따서 '리코'라고 지었어요. 리코는 엄마 아빠의 사랑을 듬뿍 받으
며 건강하게 자랐어요. 사랑하는 남편과 보물같은 아이, 편안하고 안
전한 궁전. 공주는 더 이상 바랄 게 없었어요.

"내 소원이 이루어졌구나. 이보다 더 값진 행복은 없을 거야. 영원
히 이 궁전에서만 살고 싶다."

평화로운 시간을 보내고 있던 왕자에게 대두나라에서 초대장이 왔
어요. 왕자의 머리가 누구보다도 크며 인품과 지혜로움까지 갖췄다
는 소문을 들은 대두나라의 여왕이 왕자를 직접 보고 싶다고 했어요.

"초대를 받았으니 당연히 가야지. 그게 예의지."

왕자는 공주와 리코에게 일주일 후에 돌아오겠다고 약속하고 대두
나라로 향했어요.

대두나라에 도착한 왕자는 융숭한 대접을 받았어요. 대두나라의
여왕은 왕자가 너무나 마음에 들었어요. 큰 머리는 물론이고 그의
지혜로움과 현명한 판단력에 반해버렸죠. 여왕은 왕자에게 제안했
어요.

"원하는 것을 다 줄 테니, 여기서 나와 같이 사는 것이 어떠냐?"

왕자는 단번에 거절했어요.

"제의는 고맙지만, 나에게는 그 무엇과도 바꿀 수 없는 소중한 딸
과 아내가 있습니다. 저는 돌아가겠습니다."

여왕은 순순히 포기하는 듯 보였어요.

"그래, 알겠다. 내일 너를 보내줄 것이다."

"감사합니다. 여왕님."

침실로 돌아온 왕자는 내일이면 리코와 공주를 볼 수 있다는 생각
에 설레는 마음으로 잠이 들었어요.

왕자가 잠이 들자 여왕은 왕자를 붙잡아 깊은 지하 감옥에 가뒀어요.

"이것은 내 제안을 거절한 대가다. 너는 영원히 여기서 살게 될 것
이다."

여왕의 미소에는 비열함이 흘러넘쳤어요.

왕자는 사랑하는 공주와 딸을 보지 못한다는 생각에 큰 슬픔에 빠

졌어요. 결국 왕자는 하늘나라로 가서 달님이 되기로 결심했어요.

"밤하늘의 달이 된다면 영원히 리코와 아내를 지켜줄 수 있을
거야."

공주는 왕자를 기다리고, 기다리고, 또 기다렸어요. 하지만 아무리
기다려도 왕자는 돌아오지 않았어요.

공주는 왕자를 기다리고, 기다리고, 또 기다렸어요. 하지만 아무리 기다려도 왕자는 돌아오지 않았어요.

어느 날 대두나라에서 왕자가 하늘나라로 갔다는 편지가 도착했어요. 공주는 큰 슬픔에 빠졌어요. 하염없이 눈물만 흘러내렸지요. 왕자가 없다는 사실도, 혼자 리코를 키워야 한다는 사실도 믿을 수가 없었어요.

이제 두 살밖에 안 된 리코는 아빠를 찾았어요.

"엄마, 왜 아빠 안 오는 거야? 아빠 보고 싶어."

공주는 무슨 말을 해야 할지 몰랐어요. 리코를 안고 같이 울기만 했어요. 그러다 공주는 자신의 슬픔보다 아빠를 잃은 리코의 마음을 먼저 돌봐야겠다고 생각했어요. 공주는 리코가 마음의 상처 없이 건강하고 행복하게 자라기를 바랐으니까요.

그러나 엄마가 처음인 공주는 아이를 어떻게 키워야 하는지 잘 몰랐어요. 게다가 공주의 마음은 상처투성이였고, 혼자라는 사실이 공주를 힘겹게 만들었어요. 도와주는 사람이 옆에 있었지만, 그들의 호의를 온전히 받을 수도 없었어요. 그래서 공주는 더 외로웠어요.

세월이 흘러 다섯 살이 된 리코는 공주에게 성 밖으로 나가고 싶다며 조르기 시작했어요.

"엄마, 밖에 나가서 놀자. 여기는 너무 심심해. 성 밖은 재미있는 게 더 많을 거야."

공주는 밖으로 나가는 것이 너무나 무서웠어요. 한 번도 나가본 적이 없었거든요. 게다가 왕자님도 밖으로 나갔다가 돌아오지 못했잖아요. 성 밖은 흉악한 사람들과 난폭한 동물들이 득실댄다고 생각했어요.

"안 돼. 밖은 너무 위험해. 성안에서 놀자."

하지만 리코는 계속 떼를 썼어요.

"싫어. 나는 밖으로 나가고 싶단 말이야."

"엄마는 너무 무서워."

"엄마, 그럼 내가 용기를 줄까?"

리코는 용기, 용기, 용기를 세 번 외치고는 손으로 하트를 만들어 공주의 가슴에 대주었어요. 공주는 선뜻 마음을 내기 어려웠지만, 한편으로는 걱정도 되었어요.

'내가 정말 용기가 없는 건 아닐까? 너무 걱정이 많고 조심스러워서 도전을 못하는 것은 아닐까? 리코는 그러지 않았으면 좋겠는데……. 엄마인 내가 용기 있는 모습을 먼저 보여줘야 할 텐데.'

이런 생각들이 공주의 머릿속에 맴돌기 시작했어요. 공주는 무섭고 두려웠지만 리

코를 위해 성 밖으로 나가기로 마음먹었어요.

성문이 열리는 순간 공주는 심장이 터질 것 같았어요.

"엄마, 내가 엄마 옆에 있어 줄게. 힘을 내."

리코가 활짝 웃으며 공주의 손을 잡았어요. 공주는 두려운 마음이 눈 녹듯 사르르 사라지는 것을 느꼈어요. 공주는 떨리는 마음으로 리코의 손을 꼭 잡고 밖으로 나갔어요.

성 밖에 있던 사람들은 공주를 보고 반갑게 인사했어요. 공주의 손을 꼭 잡아주며 힘을 내라고 격려해주는 사람, 말없이 안아주는 사람, 행복하라고 빌어주는 사람.

공주는 정말 놀랐어요. 처음 보는 사람들이 자신을 위해 응원하고, 기도해주고 있었다는 것을 알지 못했거든요.

"세상은 정말 따뜻한 곳이구나."

공주의 가슴에 고마움의 마음이 싹트기 시작했어요.

리코는 공주의 손을 잡고 마을을 돌아다니기 시작했어요. 분수가 있는 광장에 다다르자 하하호호 즐거운 웃음소리가 들렸어요. 공주는 그쪽으로 발걸음을 옮겼어요. 환한 얼굴의 아주머니들이 많은 음식을 만들고 있었어요.

"뭘 만들고 계세요?"

공주가 물었어요.

"마을 아이들 먹이려고요. 오늘은 '아이들의 날'이거든요. 예쁘고 맛있는 음식을 만들고 있어요. 아이들도 귀한 대접을 받아봐야 스스로 귀하다는 걸 느끼거든요."

한 아주머니가 대답했어요.

"저도 같이 해도 되나요?"

"그럼요. 어서 와서 이쪽에 앉아요."

아주머니들은 폭신한 담요가 깔려 있는 의자를 내주었어요. 공주는 서툴지만 열심히 음식을 만들었어요. 시간이 흐르는 동안 공주의 마음속에 알 수 없는 따뜻함이 모락모락 피어올랐어요.

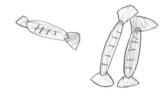

그때 리코가 다가와 물었어요.

"엄마, 저기 친구들이 있어. 같이 놀아도 돼?"

"응? 괘… 괜찮을까? 엄마랑 같이 가볼까?"

공주는 리코와 함께 마을 아이들이 노는 곳으로 갔어요.

"얘들아, 같이 놀아도 돼? 나도 같이 놀고 싶어."

리코가 씩씩한 목소리로 물었어요.

"안 그래도 한 명이 부족했어. 잘됐다. 너는 우리 편 하면 되겠어."

신나게 뛰어놀아 땀에 흠뻑 젖은 아이가 리코의 손을 잡으며 얘기했어요. 리코와 아이들은 스스럼없이 어울렸어요.

'아이들의 마음은 정말 투명하구나!'

공주는 미소를 지으며 리코와 친구들을 바라보았어요. 눈부시게 내리쬐는 햇살 아래 아이들은 보석처럼 반짝반짝 빛나고 있었어요. 각자의 색깔들이 묘하게 어우러져 세상 어디에도 없는 아름다운 빛깔을 만들었어요.

공주와 리코가 즐거운 시간을 보내고 성으로 돌아오는 길이었어요.

어둠이 내려오는 어스름한 밤, 어디선가 나타난 따뜻하고 부드러운 빛이 그들의 앞길을 비췄어요.

"엄마, 저 달이 우리를 따라오네?"

"어, 그렇네?"

"그런데 엄마, 저 달이 아빠인거 같아. 아빠도 얼굴이 크고 반짝반짝 빛났잖아."

"와! 정말 아빠 같네."

"아빠가 우리를 계속 따라온다. 달이 되어 우리를 지켜주나 봐!"

"그렇구나, 리코야. 우리 눈에 안 보인다고 아빠가 없는 것은 아니구나."

달님은 공주와 리코를 향해 웃고 있었죠.

공주는 혼자가 아니라는 사실을 깨달았어요. 그 순간 공주의 투명한 머리카락이 영롱한 무지개색으로 변하기 시작했어요.

"엄마, 머리카락이 무지개색으로 변했어!"

리코가 놀라 소리쳤어요.

"리코야! 네 머리카락도 무지개색으로 변하고 있어!"

공주도 외쳤어요.

"엄마, 이건 어떤 의미일까? 우리가 무지개처럼 살게 된다는 뜻일까?"

공주는 리코의 손을 잡고 달을 올려다보았어요. 앞으로의 날들에 대한 설렘과 기대, 무지갯빛 희망이 공주의 마음속에 벅차올랐답니다.

빰풍선

글·그림 오달빛

음……. 너도 나처럼 밤이 무섭니?

나는 깜깜한 밤이 너무 싫어. 어둠 속에서 괴물이 나를 감시하거든. 내가 자려고 누우면, 이 괴물은 내 머리맡에 바싹 다가와. 그러고는 눈을 부라리며 내게 묻지.

"오늘은 또 무슨 잘못을 저질렀지?"

괴물이 이렇게 나를 추궁할 때면, 나는 머리끝까지 이불을 뒤집어써. 땀이 범벅이 되고 숨이 갑갑해도 이불 밖으로 나올 수가 없어. 밤이 깊어질수록 괴물의 눈이 더 크고 선명해지거든. 나는 몸을 잔뜩 웅크린 채 귀를 막고 '제발 어서 잠들자, 제발 빨리 자자' 하고 되뇔 뿐이야.

새까만 이불 속에서도 또렷하게 느껴지는 그 눈동자가, 나는 정말 무서워.

아버지는 언제나 모자를 쓰고 있어. 아버지의 모자는 너무 커서 아버지에게 어울리지 않아. 아버지가 내 잘못을 꾸짖을 때면 모자도 화가 난 듯 마구 흔들려. 그때마다 나는 저 모자 안에 뿔이 숨어 있는 게 아닐까 생각해. 마치 뿔 달린 도깨비처럼. 나는 아버지가 '한심한 놈' 하면서 모자를 고쳐 쓰면 비로소 마음을 놓았어. 그것은 아버지가 나를 다 혼냈다는 마침표였거든.

오늘은 담임선생님에게 성적표를 받았어. 손에 든 성적표를 내려다보니 한숨이 나왔어. 지난번보다 성적이 떨어졌거든. 하지만 이번 시험은 어려웠으니까. 그렇게 나쁜 성적은 아니지. 그래도 이것을 아버지에게 설명할 생각을 하니, 내 왼뺨이 시큰거렸어. 한 달 전 그날이 떠올랐기 때문이야.

"이것도 성적이야?"

아버지가 성적표를 들고 내 코앞에다 거칠게 흔들었어. 아버지의 모자도 함께 흔들렸지. 나는 고개를 푹 숙이고 기어들어 가는 목소리로 말했어.

"죄송합니다."

찰싹!

순간 귀가 멍했어.

"죄송하다고 될 일이야?"

아버지는 더 큰 목소리로 소리쳤어. 나는 어깨를 움츠리며 눈을 질

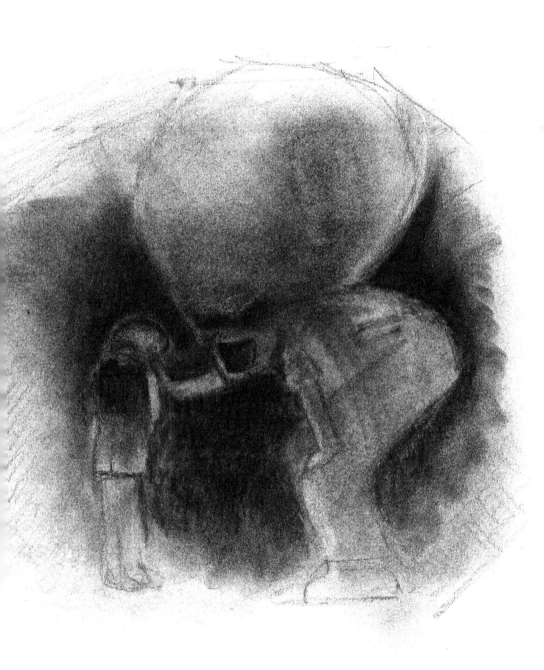

끈 감았어.

"한심한 놈."

아버지가 모자를 반듯하게 고쳐 쓰며 안방으로 들어갔어.

나는 아버지가 들어간 뒤에야 화끈거리는 뺨을 문질렀어. 눈물이 나오려고 해서 얼른 화장실로 달려갔지. 누가 보는 것도 아닌데 부끄러워서 참을 수가 없었어. 찬물을 얼굴에 몇 차례 끼얹고 거울을 보니 뺨이 동그랗게 부풀어 있었어. 울먹이는 내 얼굴은 진짜 못생겨 보였어. 나는 거울 속 나를 보며 억지웃음을 지어보았어. 광대뼈가 힘겹게 올라갔어. 어색하고 민망한 웃음이었지만 볼에 힘이 들어가니 부푼 것이 조금은 숨겨졌어.

그날 이후로 아버지와 마주치기만 해도 뺨이 부푸는 느낌이 들었어. 나는 누군가 그 사실을 알게 될까 봐 두려웠어. 그래서 그때마다 일부러 웃기 시작했지.

나는 급히 성적표를 구겨 바지 주머니 속에 넣었어. 성적표는 안 보여주는 게 낫겠어.

그날 저녁, 책상 앞에 앉아있는데 달달 떨리는 다리를 주체할 수가 없었어. 숙제를 펼쳐놓고도 온통 신경은 바지 주머니 속에 가 있었지. 바로 그때, 방문이 벌컥 열렸어. 화들짝 놀라서 돌아보니 아버지였어.

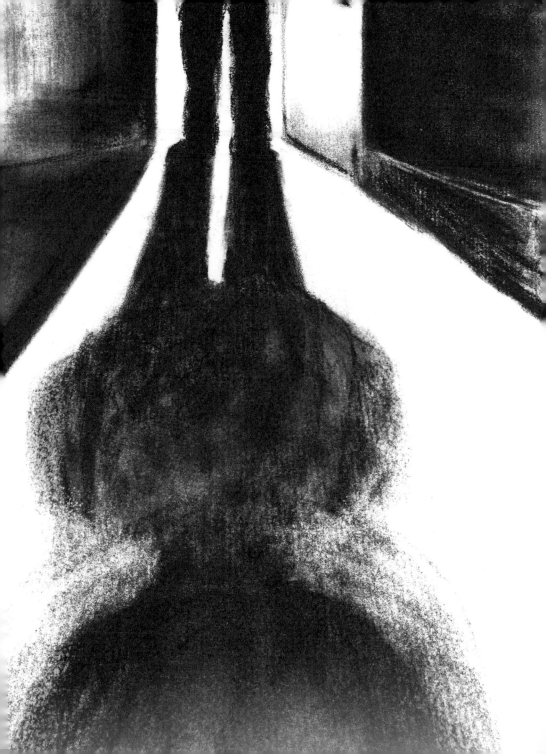

"아버지 들어오는데, 뭘 하느라 나와보지도 않아?"

아버지는 성큼성큼 다가와 나를 뚫어지게 응시했어. 내 성적표에 대해 알고 있나 싶어 가슴이 쿵쾅거렸어. 나는 눈을 동그랗게 뜨고 아버지를 올려다봤어. 아버지의 눈빛이 샅샅이 나를 뒤지고 있었어.

"수… 숙제하고 있었어요."

아버지와 눈이 마주치자 뺨에 불길이 훅 스쳤어. 나는 어정쩡하게 웃으며 조심스레 아버지의 눈을 피했어.

"한심한 놈."

아버지는 모자를 고쳐 쓰며 방에서 나갔어. 그제야 안도의 한숨이 나왔어. 나는 의자를 돌려 책상에 엎드렸어. 아버지에게 성적표를 보여주지 않은 건 정말 잘한 일인 것 같아.

밤이 되자 기다렸다는 듯이 괴물이 또 나타났어. 끈질기게 나를 따라다니는 괴물의 눈에서 벗어나고 싶었지만, 방 안 어디에도 숨을 곳은 없었어. 나는 이불 속에서 버틸 수 있는 만큼 버티다가, 결국 방에서 뛰쳐나왔어. 금방이라도 뒷덜미를 잡아챌 것 같은 오싹함에 서둘러 동생 방으로 갔어. 손잡이를 살그머니 돌리는데 문이 잠겨 있었어. 당황해서 한 발 물러나 보니 메모지가 붙어있었어.

'형 출입 금지!'

나는 동생 방문 앞에 그대로 서 있었어. 나를 도와줄 사람은 아무도 없었어. 절망감에 주저앉아 울고 싶었지. 다시 내 방으로 돌아가야 한다고 생각하니 식은땀이 흘렀어. 그때 좋은 생각이 났어. 작은 베란다 창문을 통해 동생 방으로 들어가는 거지. 베란다의 수도꼭지를 밟으면 아마 가능할 거야. 나는 여러 번 시도했지만, 수도꼭지가 너무 작아서 발이 계속 미끄러졌어. 불가능한 일을 시작했나 싶었지만 다른 도리가 없었어. 나는 이를 악물고 양팔에 힘을 잔뜩 주었어. 젖 먹던 힘을 다해 좁은 창문으로 몸을 밀어 넣었지. 창틀에 어깨가 으드득 긁히면서 드디어 베란다 창문을 통과할 수 있었어. 하지만 팔에 힘이 빠져버린 나는 잡고 있던 창틀을 그만 놓치고 말았어.

쿵!

나는 그대로 동생 방 안으로 떨어졌어. 잠들어있던 동생이 놀라서 깨버렸어. 동생은 나인 걸 확인하고는 짜증을 냈어.

"아이, 정말 왜 그래? 형은 만날 왜 그러냐고!"

그러더니 방문을 열고 안방을 향해 소리 질렀어.

"아빠! 아빠!"

그 소리에 아버지가 달려왔어. 급했는지 아버지의 모자가 기울어져 있었어. 나는 아픈 엉덩이를 문지르며 벌떡 일어났어.

"너 뭐 하는 놈이야?"

아버지가 소리쳤어. 나는 제대로 대답도 못 하고 더듬거렸어.

"아, 아버지, 밤이 너무 무서워서요. 그래서……."

어쩌면 너의 이야기

찰싹!

눈앞이 번쩍했어. 나는 홱 돌아간 고개를 바로 하며 얼른 웃었어.

"웃어?"

찰싹!

나는 휘청이는 몸의 균형을 잡으려고 두 다리에 힘을 줬어. 정신없는 가운데 아버지의 호통이 이어졌어.

"빨리 네 방으로 돌아가서 자!"

아버지는 고개를 숙인 채 서 있는 나를 노려보았어.

"한심한 놈."

아버지가 모자를 고쳐 쓰며 안방으로 사라졌어.

나는 소리치는 아버지보다 더 끔찍한 괴물이 기다리는 내 방으로 돌아가야 했어.

방 안은 여전히 깜깜했어. 불을 켜고 싶었지만 그러면 아버지의 호통 소리가 방문을 넘어올 것 같았어. 나는 스위치에 댔던 손을 욱신거리는 뺨으로 가져갔어. 뺨이 손바닥을 조금씩 밀어내는 게 느껴졌어. 나는 손가락으로 양쪽 입꼬리를 올려보았어. 억지로 벌린 입안으로 눈물 한 방울이 흘러들어왔어. 짭짤한 눈물을 삼키는데 목이 메었어.

'우리 집이 정말 가난하다면 얼마나 좋을까? 방이 딱 하나뿐이라면 우리 가족 모두가 한 방에 누워 잘 텐데……. 그럼 아버지 옆에는 동

생이 누울 거니까, 나는……'

왈칵 눈물이 쏟아졌어. 바로 그때 괴물이 훅 다가왔어. 나는 머리를
감싸 안았어. 겁에 질려 눈물은 온데간데없었어. 괴물이 끌끌 혀를
찼어. 나에게 구제 불능이라고 말하는 듯했어. 나는 뒷걸음질을 치다
의자 다리에 걸려 의자와 함께 우당탕 넘어지고 말았어. 괴물은 그런
나를 비웃었어. 나는 허둥지둥 엉덩이를 뭉개며 계속 뒤로 물러났어.
등이 책상에 닿아 더는 갈 곳이 없어지자, 괴물은 순식간에 무시무시
한 표정으로 바뀌었어. 괴물의 눈동자가 더 크고 또렷해졌어.

나는 자리에서 후다닥 일어나 창문을 열어젖혔어. 가로등 불빛이
라도 들어오면 낫겠지 싶었는데 역시나 소용없었어. 괴물의 눈동자
가 등 뒤에서 나를 노려보는지 뒤통수가 따가웠어.

뺨이 묵직해져 왔어. 찢어지는 듯한 고통에 나도 모르게 얼굴이 잔뜩 일그러졌어. 뺨이 빠른 속도로 커졌어. 시한폭탄처럼 금방이라도 터질 것만 같았지. 솔직히 마음 한편에는 그냥 터져버리면 좋겠다는 생각도 있었어. 그렇지만 이대로 죽게 될지도 모른다는 생각에 무서웠어. 나는 양손으로 부푸는 뺨을 떼어내려고 애쓰며 눈을 꾹 감았어.

'으, 터진다.'

그때였어.

"어어어?"

갑자기 내 발이 바닥에서 뜨기 시작했어. 놀라서 창틀을 붙잡았지만 내 몸은 창밖으로 붕 밀려나왔어. 믿을 수 없을 정도로 몸이 가벼웠어. 어두운 방에서 눈동자가 여전히 나를 노려보고 있었어. 나는 손에 힘을 풀어 잡았던 창틀을 놓아버렸어. 그러자 나는 그대로 하늘로 떠올랐어.

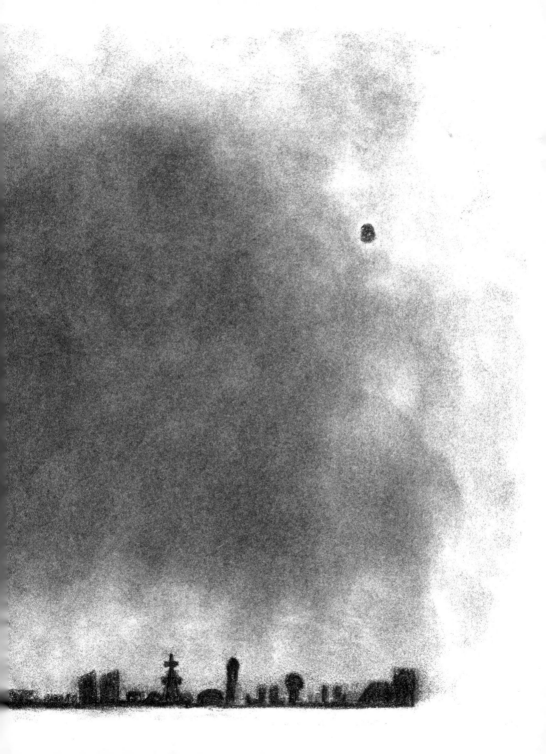

밤하늘을 난다니 믿기지 않았어. 무시무시한 괴물도 더는 보이지 않았지. 뺨은 부푼 채였지만 방에서 멀어지니 아프지도 않았어. 떨어질까 봐 무서운 마음도 없고 그저 편안하기만 했어.

얼마나 날았을까. 저 아래로 바다가 보였어. 뺨은 서서히 가라앉았고 나는 천천히 바닷가 모래 위로 내려왔어. 맑은 공기와 맨발에 닿는 모래가 시원했어. 이렇게 캄캄한데 마음이 편안하다니 꿈이라도 좋았어. 이대로 시간이 멈추었으면 좋겠다는 생각만 가득했어.

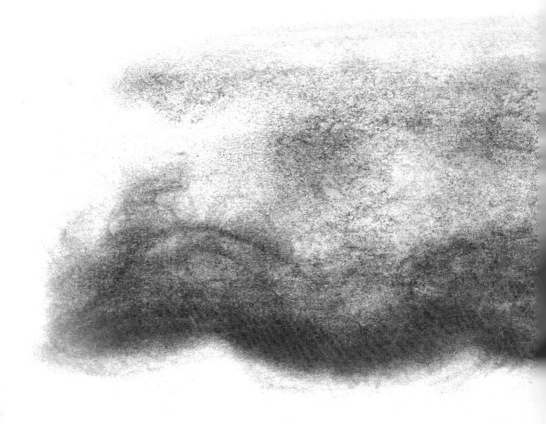

나는 모래사장에 앉아 파도치는 모습을 한참 바라보았어. 파도가 멀어졌다 다가오기를 반복했어. 나는 파도가 돌아올 때마다 반가운 마음이 들었어. 보드랍고 포근한 기운이 나를 감싸는 듯했거든. 나는 그대로 팔베개를 하고 누웠어. 하늘은 까맣고 깨끗했어. 눈을 감으면 이대로 기분 좋게 잠들 것 같았지.

그런데 저쪽 방파제에서 누군가 이리로 걸어오는 것이 보였어. 어두워서 흐릿하게 보였지만 키가 아주 컸어. 일어나 앉아 자세히 보니 모자를 쓴 웬 남자였어.

'모자? 설마 아빠?'

갑자기 철썩철썩하는 파도 소리가 뺨을 치는 소리처럼 들렸어. 나는 일어나 무작정 뒤로 돌아 뛰기 시작했어. 무서웠어. 한참을 달리니 숨이 턱까지 찼어. 어디선가 나타난 눈동자가 내 뒤통수를 따라오는 것이 느껴졌어. 어디로 더 도망가야 할지 막막했어. 숨이 가빠 더 달릴 수도 없었어. 나는 자리에 털썩 앉아버렸어. 괴물의 눈동자가 나를 앞질렀다가 천천히 내 앞으로 다가와서는 헉헉대는 나를 비웃었어.

"저리 가! 가라고!"

손에 잡히는 돌멩이 하나를 들어 괴물의 눈을 향해 힘껏 던졌어. 보기 좋게 빗나갔어. 두 눈은 바로 내 코앞까지 다가왔어. 다시 뺨이 부풀기 시작했어. 나도 모르게 웃어야 한다는 생각이 들었지만 나는 웃을 수가 없었어. 아니 웃기 싫었어. 도저히 웃음이 나오지 않았거든. 나는 뺨을 손으로 움켜쥐며 화를 냈어.

"이 뺨이 또 왜 이래? 다 너 때문이야! 제멋대로 커지고 부풀고! 제발 그만 좀 해! 대체 왜 이렇게 나를 괴롭히는 거야? 여기까지 나를 데려온 건 너잖아! 그래놓고 여기에서 또 부풀면 나보고 뭘 어쩌라는 거야?"

어둠 속에서 무엇인가 반짝 빛났어. 다가가 보니 버려진 낚싯바늘이었어. 뺨을 터뜨리기에 아주 적당했지.

"너는 오늘로 끝이야. 네가 부풀 때마다 느껴지는 아픔도 이제 안녕이다!"

나는 망설임 없이 바늘 끝으로 뺨을 푹 찔렀어. 그러고는 옆으로 당겨 뜯어냈어. 빠르고 날카로운 고통이 뺨을 휘감았어. 손으로 얼른 뺨을 더듬어 보았어. 바람 빠진 쪼글쪼글한 뺨에서 피가 흘렀어.

'끝난 건가?'

그러나 그것도 잠시, 뺨은 화가 난 듯 더 크게 부풀어 올랐어. 나는 쉴 새 없이 낚싯바늘로 뺨을 뜯어냈고, 이에 질세라 뺨은 쉬지 않고 커졌어. 터지고 부풀고, 터지고 부풀고, 터지고 부풀고. 뺨은 불타는 듯 아팠고 피로 범벅이 되었지만, 소용이 없었어. 나는 낚싯바늘을 힘껏 던져버렸어.

"아파! 아프다고! 진짜 지긋지긋해!"

괴물이 옆에서 나를 쏘아보다 고개를 절레절레 저었어. 나는 괴물에게 소리쳤어.

"왜? 내가 또 한심해 보여?"

모래를 집어서 괴물에게 뿌리며 발버둥을 쳤어.

"나 좀 노려보지 마! 이렇게 따라다니지 말라고!"

참을 수 없는 울음이 터져 나왔어. 조용한 바닷가에 퍼지는 내 울음소리가 낯설었어. 울고 있는 내 모습이 창피했지만, 이 울음을 참으면 뺨이 아니라 가슴이 터져버릴 것만 같았어. 나는 악을 쓰며 목이 쉴 때까지 실컷 울었어. 파도가 다가와 내 울음소리를 품었다가 그대로 안고 가져가 주었어.

울음소리가 작아질 즈음 내가 흐느낄 때마다 뺨이 함께 흔들리는 것이 느껴졌어. 아버지가 화를 낼 때마다 흔들리던 그 모자처럼 말이야.

결국 또 커지고 있는 내 뺨.

나는 웃지 않았어. 부풀지 못하도록 누르지도 않았어. 그저 뺨의 고통을 가만히 바라보았지. 그리고 그 뜨거움을 가슴으로 느끼고 싶었어. 눈을 감고 뺨을 쓰다듬어보았어. 쓰다듬는 손을 따라 그 부위가 따끔거렸어. 부풀던 뺨은 내 손길이 닿자 잠자코 있었어. 잠시 나를 기다려주는 듯했어. 나는 이 뺨풍선이 이제야 나의 일부로 느껴졌어.

"미안해. 너를 부끄러워하고 숨기려고만 했어. 네가 아파할 때마다 외면해서 정말 미안해."

　뺨이 바닷바람에 더 크게 흔들렸어. 나는 부푼 뺨을 두 팔로 감싸 안았어. 그리고 온전히 몸을 맡기기로 했어. 자리에서 일어나자 다시 떠올라 날기 시작했어. 지나가는 바람이 화끈거리는 내 뺨풍선을 식혀주었어.

　시간이 흐르고 낯익은 풍경이 눈에 들어왔어. 집이었어. 천천히 뺨의 바람이 빠지면서 나는 거실 창문으로 들어왔어.

　안방 문이 열려 있었는지 그 안에서 뒤척이는 소리가 들렸어. 조용히 안방을 지나 내 방으로 향하는데 방문 앞까지 굴러와 있는 아버지의 모자가 보였어. 나는 모자를 주워 조심스럽게 아버지에게 다가갔어. 아버지는 미간을 찌푸린 채 잠들어있었어. 두 눈을 무겁게 감고, 턱으로 목을 누르며 힘겨운 한숨을 규칙적으로 내보내고 있었어.

　'어? 풍선?'

순간 내 눈을 의심했어. 나는 얼른 모자를 아버지 머리맡에 내려놓았어.

안방에서 나오는 내 등 뒤로 아버지의 잠꼬대 소리가 들렸어.

"아버지, 잘못했어요."

그 말에 내 뺨이 찌릿했어. 나는 머릿속이 하얘져서 내 방으로 돌아왔어. 내 방은 아무 일도 없었다는 듯 그대로였어. 나는 벽에 등을 대고 주르륵 미끄러지듯 주저앉았어.

'아버지 머리에 풍선이라니? 그럼 아버지도 나처럼 아픈 거야? 아버지도 너무 아파서, 그래서 그 먼바다까지 날아왔던 거야?'

코끝이 찡했어. 아버지가 나만큼 불쌍해 눈물이 났어. 나는 쪼그리고 앉아 한참을 훌쩍이다 잠이 들었어.

얼마나 지났을까? 눈을 떠보니 날이 밝아오고 있었어. 창밖에서 사람 소리가 들렸어. 나는 일어나 창밖을 내다보았어. 가로등 옆으로 여자와 소녀가 지나가고 있었어. 멍하니 그 모습을 바라보던 나는 또한 번 놀라고 말았어. 치마 밑으로 드러난 여자의 종아리에도 풍선이 있었어.

"빨리 좀 따라와."

여자가 손을 거칠게 당겨 드러난 소녀의 손목에도 작은 풍선이 부풀고 있었어. 나는 그들이 지나가는 모습을 지켜보았어.

문득 내 뺨이 보고 싶어졌어. 나는 불을 켜고 거울 앞으로 다가갔어. 어젯밤 흔적이 고스란히 뺨에 묻어있었어. 나는 손으로 뺨을 감싸고 화장실로 갔어. 그리고 천천히 조심스럽게 말라붙은 피와 모래를 씻어냈어. 말끔히 세수를 마치고 거울을 보았어. 마주한 내 얼굴에 잔잔한 미소가 번졌어.

나는 뺨 위에 가만히 손바닥을 대보았어. 따뜻한 온기가 그대로 전해졌어. 나는 이 온기가 온몸에 퍼질 수 있도록 가만히 있었어. 그리고 말했지.

"고마워, 나를 바다에 데려가 주어서."

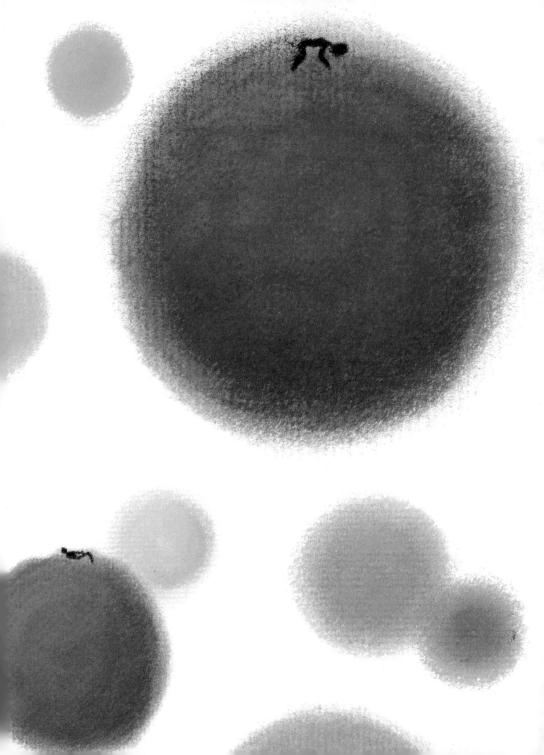

지수의 풍경

글·그림 구본순

3일 동안 눈이 내렸다. 보슬보슬 내린 눈은 온 세상을 하얗게 만들었다. 강물도 얼어붙은 추운 겨울이었다. 동생은 까까머리를 하고 집에 왔다. 2년 동안 뇌종양으로 병원에만 있었던 동생의 얼굴은 마당에 쌓인 눈처럼 하얬다.

"언니 졸업식 보러왔어. 나도 퇴원하면 언니처럼 학교도 다니고 졸업식도 할 거야!"

동생은 한껏 들뜬 목소리로 말했다.

"밖에 눈이 엄청나게 쌓였어. 우리 초등학교 구경하러 가자. 많이 변했어?"

"아니 똑같아. 학교가 변할 게 없잖아."

나는 걸어서 30분이나 가야 하는 학교에 아픈 동생과 함께 가는 것이 걱정되었다.

"춥고 길도 미끄럽고 너무 멀어. 나중에 아빠 오시면 차로 데려다 달라고 하자."

"싫어. 옷 따뜻하게 입고가면 돼. 병원에만 있었더니 걷고 싶어. 그리고 언니랑 걷고 싶어. 학교 가는 것처럼!"

우리는 두꺼운 잠바를 입고, 목도리를 두르고, 장갑을 끼고, 모자를 쓰고 집을 나섰다.

뽀드득뽀드득 눈 밟는 소리가 예뻤다. 학교 운동장에는 아무도 없었다. 우리는 새하얀 눈밭으로 변한 운동장을 뛰기 시작했다.

"언니, 이거 봐."

동생은 하얀 눈밭에 하트를 그렸다.

얼마쯤 놀았을까. 동생이 갑자기 기침하기 시작했다. 불안한 마음이 엄습했다. 공중전화를 찾아 집에 전화를 걸었다. 아빠는 걱정스러운 표정으로 우리를 데리러 오셨다.

그날 밤, 동생은 고열이 났다. 나는 병원에 입원한 동생을 다시 보지 못했다. 쌓였던 눈이 녹아 사라지고, 얼었던 강물도 녹아 바다로 흘러갔다. 내 동생 지영이도 가루가 되어 강물을 따라 흘러갔다. 나는 강물을 따라 흘러가는 동생을 우두커니 서서 바라보았다. 후회가 가슴 저리게 밀려왔다. 가지 말자고 할 걸, 옷을 더 든든히 입힐 걸, 달리기하는 게 아니었는데…….

아빠는 가슴이 부서져라 때리셨고, 엄마는 하염없이 우셨다. 나는 아빠와 엄마 사이에서 아무것도 할 수 없었다.

그렇게 시간은 흐르고, 나는 중학생이 되었다.

봄 소풍 가는 날, 나는 마당에서 한들거리며 춤추는 노란 개나리처럼 신나 있었다. 그리고 엄마표 김밥을 먹는다는 생각에 들떠있었다. 엄마표 김밥은 정말 맛있다. 오도독 씹히는 당근, 새콤한 단무지, 짭조름한 맛살, 초록 시금치와 노란 달걀까지 들어가면 알록달록한 엄마표 김밥이 완성된다.

"지수야, 꽁다리만 먹어. 예쁜 건 선생님들 도시락에 넣을 거야."

"알았어. 엄마가 만든 김밥이 제일 맛있을 거야!"

나는 엄마 옆에 앉아 신나게 김밥 꽁다리를 주워 먹었다.

"지영이도 김밥 좋아했는데……. 언니랑 같이 소풍 가면 좋아했을 텐데……."

갑자기 엄마의 눈에 눈물이 핑 고였다. 나는 보았다. 도시락 속에 엄마의 눈물 한 방울이 떨어지는 걸. 나는 지영이를 까맣게 잊고 있었다.

어느덧 나는 고3이 되었다. 대학은 집에서 먼 곳으로 가고 싶었다. 하지만 아빠는 집 근처에 있는 취직이 보장된 유아교육과를 제안했다. 나는 취직보다 내가 원하는 공부를 하고 싶었다. 엄마는 고민하는 나에게 말했다.

"지수야, 아빠 말씀대로 해. 엄마도 지수가 내 옆에서 학교에 다니면 좋겠어."

나는 엄마의 뜻을 받아들였다.

하지만 학교생활은 힘들고 재미없었다. 결국 나는 내가 원하는 학교에 가기 위해 부모님 몰래 자퇴서를 제출했다. 처음 해보는 반항에 가슴은 쿵쾅쿵쾅 방망이질 쳤다. 방학이 지나고, 새 학기가 시작되었다. 나는 매일 학교에 가는 척 가방을 들고 집을 나섰다. 그날도 도서관에 가려고 가방을 메는데 아빠가 나를 불렀다.

"지수야, 요즘 학교에 다니니?"

갑작스러운 아빠의 물음에 순간 몸이 얼음처럼 굳어졌다.

"2학기 등록금을 내야 하는 시기가 지났는데, 달라는 말이 없어서 학교에 전화해봤더니 자퇴서를 냈다고 하더라. 무슨 일이냐? 왜 자퇴서를 냈어?"

"제 마음이 행복한 공부를 하고 싶어요."

"네가 하고 싶은 공부가 뭔데? 혼자 결정할 일이 아니잖아. 아빠랑 상의했어야지."

아빠는 답답하다는 표정으로 나를 바라봤다.

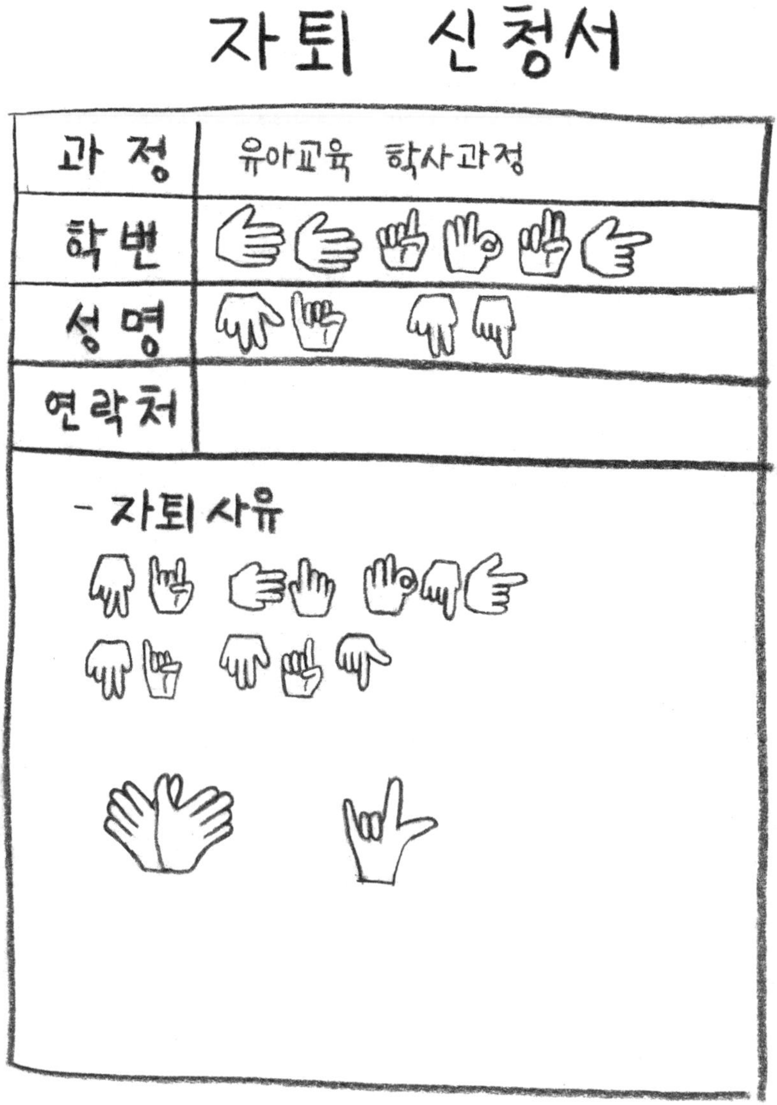
자퇴 신청서
과 정
유아교육 학사과정
학 번
성 명
연락처
- 자퇴사유

나는 집에서 멀리 떨어져 있는 신학교에 입학했다. 내가 하고 싶던 공부를 하는 것은 신나는 일이었다. 경전에 적힌 뜻을 헤아리고, 묵상하고, 내 삶으로 살아내는 배움은 오롯이 나를 서게 했다. 처음 해보는 자취생활도 설레고 재미있었다. 원하는 커튼으로 방 분위기도 내고, 밤을 새워 영화도 보고, 서툴지만 나를 위한 요리도 했다.

어느 월요일 아침, 엄마에게서 전화가 왔다.

"이번 주말에 시간이 돼서 너 다니는 학교랑 자취방에 가보려고. 주말에 시간 어때?"

"와! 정말? 엄마 오면 좋지!"

"반찬 싸갈게. 뭐 먹고 싶어?"

"아니야. 버스 타고 오는데 무겁게 오지 마."

엄마가 온다니! 나는 설레서 잠이 오지 않았다.

내가 다니는 학교에 엄마가 온다는 게 꿈만 같았다.

밭일하느라 평소 몸뻬를 입는 엄마는 바바리코트에 환한 꽃무늬 스카프를 두르고 왔다. 구두도 신었다.

"엄마, 너무 예뻐."

"딸 만나러 오니까 예쁘게 하고 왔지. 엄마가 이제야 왔네. 늦게 와서 미안해."

엄마는 내 손을 꽉 잡았다.

"엄마, 학교 구경시켜줄까?"

나는 엄마와 함께 강의실과 도서관, 채플실을 돌아다녔다. 그리고 그동안 쌓아두었던 학교생활 이야기를 마구 쏟아냈다. 엄마는 학생 식당 밥이 맛없다고 했지만 나는 이날 먹은 밥이 제일 맛있었다.

밥을 먹고 엄마랑 자취방에 갔다. 엄마는 깨끗하고 안전해 보여 마음이 놓인다고 했다.

"혼자 사는 거 재미있어? 무섭지는 않아? 혼자 떼어놓으니 맘이 안 좋네."

"괜찮아. 혼자 영화도 보고 요리도 하고 재미있어."

"지영이가 있어서 같이 살면 서로 의지가 되고 좋았을 텐데……."

내 공간에 지영이가 불쑥 들어온 느낌이었다. 엄마는 또 지영이 생각을 하는구나. 늘 동생을 생각하는 엄마에게 서운한 마음이 들었다.

나는 엄마를 배웅하는 버스정류장에서 내내 잡고 있던 엄마의 손을 놓을 수가 없었다. 괜히 엄마 스카프만 만지작거리고 있는 나에게 엄마가 먼저 입을 열었다.

"춥다. 얼른 들어가."

"엄마 버스 601번 타면 돼. 모르면 전화해."

"잘 갈게. 걱정하지 마. 또 올게."

"엄마 조심히 가! 도착해서 전화해!"

　나는 버스에 오르는 엄마의 눈을 마주할 수 없었다. 흐르는 눈물을 엄마에게 보여줄 수 없었기 때문이다. 엄마가 다녀간 자취방은 엄마의 향기로 가득했다. 생각해보니 나는 엄마가 늘 그리웠던 것 같다.

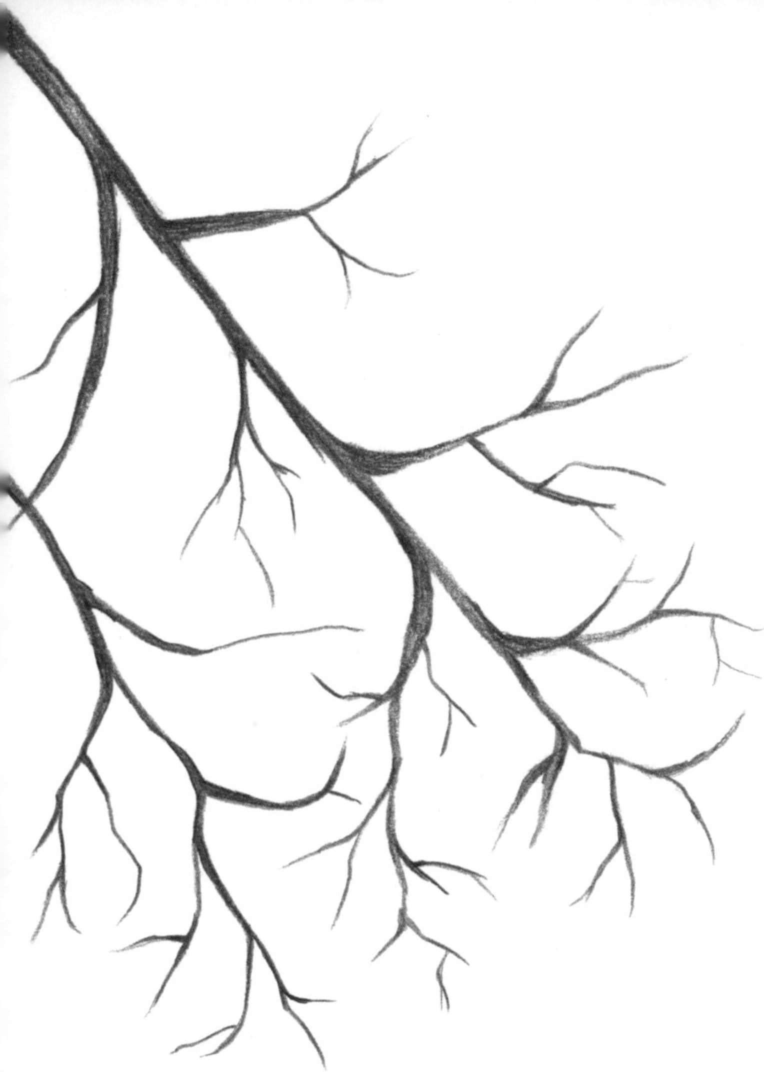

그렇게 16년이 지나고, 나는 결혼을 하고 아이를 낳았다. 친정에서 하는 몸조리는 기대와 달리 서운함만 쌓여갔다. 엄마는 내 육아가 마음에 들지 않는 것 같았다.

"애가 배고프다고 운다. 분유 먹일까?"

"아니, 모유 줄 거야."

"젖이 적어서 배고프다고 계속 울잖아. 애 울리지 말고 분유 줘!"

"싫어, 모유 주고 싶어."

"찔끔찔끔 나오는 거 간식으로나 줘. 꼭 시간 맞춰서 안 줘도 돼. 뭐든 먹고 잘 크면 되지. 별거 아닌 거 가지고 왜 이렇게 고집을 피워!"

"나는 내 애한테 모유 주고 싶어. 그렇게 잘 알면 나한테나 잘해주지! 자식 키우는 걸 엄마한테 못 배우고 책으로 배워서 그렇지. 내 애는 내가 잘해 줄 거야. 엄마는 엄마 딸 마음도 모르잖아!"

그동안 쌓였던 서러움과 서운함이 나도 모르게 튀어나왔다. 엄마는 당황한 듯 아무 말도 하지 못했다. 한참을 말이 없던 엄마는 안쓰러운 듯 나를 바라보았다.

"그때는 엄마도 잘 몰랐으니까 그랬지. 지영이한테도 못 해준 게 많아서 미안했는데 큰딸도 서운한 게 많았구나."

"엄마는 항상 지영이 이야기만 했어! 불쑥불쑥 '지영이가 있었으면'이라고 했잖아. 그때마다 내 마음이 어땠는지 알아? 지영이를 그리워하는 엄마를 보면서, 내가 어떻게 하면 그 자리를 채울 수 있을까 생각하며 살았어."

나는 쌓아두었던 이야기까지 끄집어냈다.

"나 고3 때 야간 자율학습 끝나고 집으로 오는 차 안에서 엄마가 '지영이는 엄마 마음을 잘 알아줬어'라고 했어. 나는 그 말이 너무 서운했어. '아! 지영이는 엄마 마음을 잘 위로해 드렸구나. 지금 나는 잘 못하는구나' 이런 생각을 마음에 담고 살았어. 그러다 보니 있는 내 모습보다 착한 딸, 지영이의 빈자리를 채우려는 딸로 지내려고 노력하며 살았어."

엄마는 아차! 하는 얼굴이었다.

"그걸 마음에 담아두었구나. 그때는 엄마도 하소연할 곳이 없었어. 네게 부담 주고 싶지 않았어. 그래서 혼자 지영이한테 가서 하소연하고 왔는데……. 그때는 내 마음을 어떻게 정리할지 몰랐어. 그때 생각하면 마음이 아파. 미안하다 우리 딸."

그랬구나. 엄마도 외로웠구나. 엄마와 나 사이에 있던 투명한 벽이 허물어졌다. 엄마의 미안함과 사랑이 그대로 나에게 전해졌다.

이듬해, 새로운 봄이 찾아왔다.

"엄마, 우리 지영이한테 가볼까? 나는 한 번도 못 가봤잖아."

"그래, 지영이도 언니를 기다리고 있을 거야."

강물을 바라보며 나는 엄마의 손을 꼭 잡았다.

엄마도 내 손을 꼭 잡아주었다.

어쩌면 우리 가족에게는 지영이를 충분히 그리워할 시간이 필요했는지도 모르겠다.

"엄마, 내년에는 아빠도 같이 오자."

"그래."

기분 좋은 바람에 강물이 일렁거렸다. 강물은 아름답게 빛났다.

최고의 하루

글 송현정
그림 박재용

숲속 나무 그늘에 개구리 한 마리가 누워있어요.

"아무 일도 일어나지 않다니, 최고의 하루야!"

개구리가 가만히 누워 흐르는 구름을 바라보는 동안 살랑 부는 바람
에 나뭇잎이 떨어져 내리고, 아기 새의 몸짓에 깃털이 날려요.

덩굴은 자라나 개구리 발끝을 간질.

"앗, 간지러워."

그제야 주위를 둘러본 개구리는 주변이 어질러진 것을 알았지만
상관없어요.

"치우고 정리하는 건 성가신 일이니까. 대신 재미있는 일을 해볼까?"

개구리는 발끝을 간질인 덩굴을 주욱 뽑아다 바구니를 만들어요.

"휴, 이걸 얼마나 더 해야 하는 거야?"

금세 싫증이 난 개구리는 만들다 만 바구니와 덩굴줄기를 휙 던져요.

"나뭇잎 옷은 어떨까? 내 피부색에 잘 어울리겠어."

쌓여있는 나뭇잎을 가져다 바느질을 시작한 개구리는 얼마 지나지 않아 또 긴 숨을 내쉬며 말해요.

"끝이 안 보여. 내 몸에 맞는 옷을 완성할 즈음엔 할머니가 되어 있을 거야."

싫증이 난 개구리는 손바닥만큼 이어진 나뭇잎 옷을 저기 발치로 밀어두어요.

"깃털 모자는 어떨까? 알록달록 멋질 거야!"

아기 새의 깃털은 모자를 만들기에 충분하지만, 안타깝게도 개구리의 끈기는 충분하지 않네요.

"씨앗을 심어 키워볼까?"

"도토리 파이를 구워볼까?"

"풀꽃 반지는 어떨까?"

신나는 일들을 잔뜩 가져다 해보지만 결국 모두 던져버린 개구리는 벌러덩 누워 어둑해진 하늘을 바라봐요.

까무룩 잠이 들었던 개구리는 축축한 기운에 깨어나 깜짝 놀라요.

"우물이잖아?"

밤새 내린 비에 개울을 타고 떠내려온 잡동사니들이 개구리가 던져놓은 물건들과 엉켜 개구리를 빙 둘러싸 우물이 되었어요. 우물에

고인 빗물을 발끝으로 첨벙이며 개구리는 신이 나요.

"별의별 게 다 있잖아? 멀리 나가지 않아도 당분간 심심할 일은 없겠어. 게다가 물이라니! 오늘은 수영을 해볼까?"

개구리가 첨벙 물속으로 뛰어든 그때, 꼬르르륵 우물물이 소용돌이치며 사라지더니 우물 바닥에 구멍이 뿡! 까만 머리가 불쑥 나와요. 어리둥절한 개구리에게 우물물을 뒤집어쓰고 나온 까만 머리가 말해요.

"얼마 만에 씻은 건지, 이제야 좀 살 것 같군. 쿵쿵, 이 냄새는 개구리인가? 반가워, 나는 두더지야. 흙먼지를 잔뜩 뒤집어써서 찝찝하던 차에 깔끔해진 채로 자네를 만날 수 있어 다행이로군. 땅속은 너무 외로워서 말이지. 바깥 친구를 찾아 여행 중이었어. 내 친구가 되어주겠나?"

두더지는 까만 손을 내밀어요.

"깜짝이야! 갑자기 나타나서 내 우물을 망쳐놓고는 친구라니? 여긴 나 혼자로도 충분해. 어서 나가줘."

"깔끔한 내가 지내기엔 흙투성이 땅속은 좀……. 사실, 땅속엔 벌레가 너무 많기도 하고… 큼큼… 귀찮게 하지 않을 테니 여기 있게 해주는 건 어떤가?"

곤란해하는 두더지를 보고 마음이 약해진 개구리는 어쩔 수 없이 허락해요.

"그렇다면 좋아. 하지만 성가시게 굴지는 말아줘."

두더지는 허리춤에서 꺼낸 알을 손수건으로 뽀득뽀득 닦아 개구리에게 내밀어요.

"고마워. 친구가 된 기념으로 이걸 선물하지. 오면서 주웠어. '맨질맨질 반들반들'이야."

"오? 이건 알이잖아."

"아, 이게 알이었군. 나는 잘 보이지 않아서 말이지."

'맨질맨질 반들반들이라고? 평범한 알에 근사한 이름을 붙이다니, 재미있는 친구인걸?'

알을 받아든 개구리는 생각해요.

'삶아 먹을까? 구워 먹을까? 음, 요리하는 건 번거로운 일이니까.'

개구리는 고민을 멈추고 우물 한쪽에 보이는 바구니에 알을 던져 두어요. 그사이, 두더지는 볕이 잘 드는 쪽에 자리를 잡아요.

두더지는 앉을 자리를 정돈하다 네모반듯하고 단단한 것들을 발견하고 개구리에게 물어요.

"이 네모반듯하고 단단한 것들은 뭔가?"

"책이야. 지난 비에 윗마을에서 떠내려온 걸 읽다 그대로 던져뒀어. 네가 들고 있는 책엔 '어린 생명을 건강히 키우는 법'이라고 적혀 있어. 깨끗하고 깔끔하게, 따뜻하고 포근하게. 뭐 이런 뻔한 내용이야. 원한다면 가져다 써도 좋아."

개구리는 선선한 그늘에 누워 두더지가 뚝딱뚝딱 일을 벌이는 것을 지켜보다 금세 잠에 빠져요.

두더지가 책을 쌓아 근사한 의자를 만드는 동안 늘어지게 낮잠을 자고 일어난 개구리는 해가 지는 하늘을 보며 말해요.

"멋진 노을이야."

두더지는 코를 킁킁이며 답해요.

"킁킁. 노을에선 달콤한 냄새가 나는군."

"음, 그래. 노을은 잘 익은 사과색이네. 우리 사과나 먹을까?"

개구리는 때마침 나무에서 떨어진 사과를 반으로 나눠 두더지에게 내밀며 생각해요.

'사과 한 알을 나눠 먹을 수 있다니, 둘이 함께 지내는 것도 나쁘지 않은걸? 남은 사과를 처리하는 건 꽤 귀찮은 일이니까.'

개구리는 사과 한 알을 나누어 먹을 수 있는 두더지가 있어 기분이 좋아요.

다음 날 아침.

"삐약삐약!"

"뭐지 이 시끄러운 소리는?"

개구리는 단잠을 깬 것이 못마땅해요. 소리를 찾아 주위를 살피던 개구리는 갓 깨어난 병아리를 발견하고 당황해 소리쳐요.

"두더지야! 어서 일어나봐! 네가 준 알에서 병아리가 태어났어!"

두더지는 겨우 깨어나 '삐약삐약' 병아리 울음소리를 듣더니 말해요.

"삐약이라니……. 예쁜 목소리를 가졌네? 가만 보자, 내가 선물한 알이 너의 우물에서 깨어났으니 '우리의 삐약이'라고 부르는 거 어때?"

그러는 중에도 병아리는 두더지 머리 위를 파드닥 날아 개구리 발 끝을 콕콕 쪼아요. 두더지가 쌓아 만든 의자는 병아리 몸짓에 와르르 무너지고, 개구리가 아무 데나 던져두었던 아기 새 깃털은 병아리 날 갯짓에 눈처럼 날려요.

"어휴 정신없어. 내 우물을 엉망으로 만들고 있잖아!"

개구리는 울상을 지으며 말해요.

"아기들은 원래 제멋대로잖아. 걱정하지 마. 어질러진 우물은 내가 치울게."

두더지는 청소를 시작해요.

"아! 책에 적혀 있다는 말 기억하지? 어린 생명을 건강하게! 깨끗 하고 깔끔하게! 깨끗하게 만드는 건 내 전문이니 맡겨줘."

우물을 깨끗하게 만들 생각에 들뜬 두더지는 청소에 집중하느라 개구리의 표정이 어두워진 것을 알지 못해요.

"당장 청소를 멈춰! 여긴 내 우물이고 나는 개구리야. 개구리가 살 기에 우물이 지나치게 깨끗해졌잖아. 병아리는 여전히 정신없이 시 끄럽고! 너희 둘 때문에 전부 엉망이 되었어. 이대로는 행복하지 않다 고. 둘 다 나가줘!"

개구리가 화를 내자 두더지는 당황해요.

"알겠어. 너와 친구 하기로 했을 때 성가시게 굴지 않기로 약속했으 니까."

두더지는 병아리를 꼬옥 안고 바닥의 구멍으로 떠나요. 어느새 삐약삐약 병아리의 울음소리는 작아져 들리지 않아요.

이제 우물은 다시 예전 그대로예요.
개구리는 우물 바닥에 널린 물건들을 쓱쓱 밀어 자리를 만들고는 벌러덩 누워 흐르는 구름을 바라봐요.
"세상에, 우물 안이 이렇게나 고요하다니! 이제야 내 마음에 쏙 들던 그때의 우물로 돌아왔네."

한참을 그대로 누워 행복해하던 개구리는 눈을 반짝이며 일어나요.

"자, 이제 다시 재미있는 일을 해볼까? 지금 기분이면 뭐든 해낼 수 있을 것 같아."

우물 안을 빙 둘러보던 개구리의 눈에 던져두었던 나뭇잎이 보여요. 나뭇잎을 가져다 꼼지락꼼지락 바느질을 시작한 개구리는 어쩐지 금세 손수건만큼 커다랗게 옷감을 이어놓고는 으쓱해요. 주변은 벌써 어둑해져 있어요.

"오랜만에 집중했더니 노을이 지는 것도 몰랐네. 오늘은 여기까지!"

가까이 보이는 바구니에 나뭇잎 옷감을 던지려다 개구리는 문득 병아리가 떠올라요.

"처음 만나던 날 이 바구니에서 깨어나 울고 있었지? 그 작은 몸으로 정신을 쏙 빼는 울음을 울다니 대단한 녀석이야."

손에 들린 나뭇잎 옷감을 보고 있자니 병아리가 생각나요.

"볼수록 멋진 초록이야. 병아리의 노란 털에도 잘 어울리겠는데?"

개구리는 머릿속을 가득 채운 병아리 생각에 당황스러워요.

"머릿속이 온통 병아리 생각뿐이잖아?"

분명 예전과 다를 것 없는 우물인데 어쩐지 허전한 기분이에요. 어디선가 삐약삐약, 병아리 소리가 들리는 것만 같아요.

"아, 그립다."

어? 그런데 울음소리가 점점 더 선명해지더니 폴짝 우물 벽을 넘어

병아리가 나타났어요!

"어떻게 된 일이야?"

개구리는 놀랐지만, 이내 반가운 마음에 병아리를 꼬옥 안아요. 병아리는 개구리의 품에서 빠져나와 우물 안을 파드닥 날아다니다 나무에 열린 빨간 사과를 향해 날갯짓을 해요.

"삐약삐약."

병아리의 울음에 개구리는 머리로 나무둥치를 쿵! 박아요. 나무에선 사과 한 알이 데굴 굴러떨어져요. 개구리는 병아리를 바구니에 앉히고는 굴러떨어진 사과 한 알을 쓰윽 닦아 내밀어요.

콕, 콕콕 사과를 쪼아먹던 병아리는 이내 꾸벅꾸벅 졸기 시작해요. 그런 병아리를 토닥이며 개구리가 말해요.

"돌아와 주다니, 정말 기뻐."

개구리는 병아리를 꼬옥 안고 잠이 들어요.

다음 날,

콕, 콕콕, 삐약삐약. 병아리의 기척에 깨어난 개구리는 눈앞의 광경에 깜짝 놀라요. 병아리가 새벽같이 깨어나 우물 안을 정말 엉망으로 만들어 놓았거든요.

"와, 발 디딜 틈도 없잖아!"

이때 불뚝불뚝 우물 바닥이 들썩이더니 두더지가 고개를 내밀어요.

"잠깐 한눈판 사이에 병아리가 사라져버렸지 뭐야. 한참을 찾아도 보이질 않길래 혹시나 여기로 왔을까 해서 들렀어."

삐약삐약 병아리 울음소리를 들은 두더지는 안심하며 병아리를 끌어안아요.

"성가시게 했다면 미안해. 우리는 이만 사라질게."

두더지는 병아리와 함께 우물을 떠나려고 해요.

"자, 잠깐!"

개구리는 떠나려는 두더지를 잡아 세우고는 말해요.

"우리 다시 함께 지내보는 거 어때? 병아리의 삐약삐약 소리가 사라지니까 우물 안이 텅 빈 것 같았어. 너희가 내 옆에 있었으면 좋겠어."

"쿵쿵, 우물 안이 엉망으로 어질러져 있잖아. 이렇게 지저분한 곳에선 나도 병아리도 살 수 없어."

개구리는 두더지의 손을 놓지 않고 말해요.

"그, 그럼 치우면 되잖아."

두더지는 개구리를 빤히 보더니, 고개를 갸웃하며 물어요.

"네가?"

"아니, 아무래도 네가. 치우는 건 네 전문이라고 했으니까."

두더지는 잠시 고민하고는 한 손에 병아리를 안은 채로, 주섬주섬 바닥에 널린 물건들을 치우기 시작해요.

개구리는 머리를 긁적긁적하고는 두더지에게 손을 뻗어요.

"병아리는 내가 돌보고 있을게. 너무 깨끗해지지 않도록 부탁해."

개구리는 왠지 작아지는 목소리로 얘기하고는 발끝으로 발치에 있는 물건들을 우물 벽에 쓰윽 밀어놓아요.

두더지의 청소는 하늘이 노을빛으로 가득해진 시간을 지나 까만 밤까지 계속돼요. 개구리는 품 안에서 잠든 병아리를 바구니에 눕히고는 우물 벽에 기대앉아 바느질을 시작해요. 개구리는 반딧불 아래에서 꼼지락꼼지락 나뭇잎 옷감에다 아기 새 깃털을 채워 넣어 작고 폭신한 이불을 완성해요.

"이 정도면 포근하게 잘 수 있을 거야."

개구리는 잠든 병아리에게 완성한 이불을 덮어주고 그 옆에 누워요.

'내 손으로 멋진 이불을 만들어 선물하다니, 기분이 좋은걸?'

누군가를 위해 무언가를 완성한 것이 처음이라는 것을 떠올린 개구리는 뿌듯함에 두근두근하는 마음을 느끼며 잠이 들어요. 두더지는 아직도 청소 중이고요.

콕, 콕콕, 삐약삐약. 아침은 어김없이 병아리 알람으로 시작돼요. 힘겹게 눈을 뜬 개구리는 반쯤 뜬 눈으로 병아리를 안아 들고 우물 안을 비잉 둘러봐요.

"음, 적당하군."

어젯밤 늦게까지 청소를 한 탓에 병아리의 기척에도 끄떡없이 잠들어 있는 두더지를 깨우러 아침 햇살이 다가가요. 개구리는 나뭇잎이 가득한 가지를 쓱 당겨 두더지에게 그늘을 만들어줘요.

"햇살아, 아직은 아니야. 두더지는 좀 더 자도 돼."

숲속 나무 그늘 아래 근사한 우물이 있어요.
우물 안에는 개구리, 두더지, 병아리가 함께 살아요.
그것만으로도 충분해요.

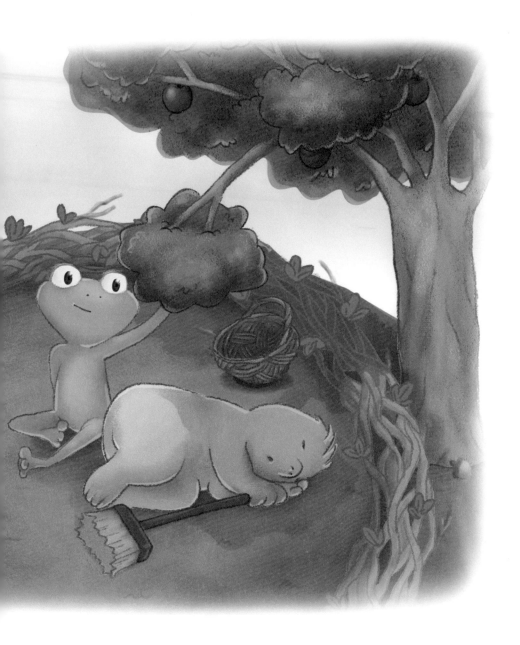

거북이가 되고 싶은 아이

글·그림 권현실

1

"다 필요 없으니 저리 가!"
엄마에게 혼이 나고 나면 나는
다락으로 기어 올라가곤 했다.

안 그래도 속상한 일이 많은데 좁은 집으로 이사까지 오게 됐다고 엄마는 어두운 얼굴로 투덜댔지만, 나는 별로 상관이 없었다. 방 한편에 있는 작은 문을 열고 삐걱거리는 계단을 오르면 펼쳐지는 새로운 세상, 다락이 있었기 때문이다. 아무것도 아닌 일로 혼이 나서 웅크리고 있으면 어둑어둑한 그림자가 어깨를 어루만졌다. 그리고 작은 창문으로 들어오는 어슴푸레한 빛은 그렇게 쭈그리고 있지 말고 구경이라도 하라는 듯 다락 안의 물건들을 비추었다.

재어놓은 비누, 휴지, 옛날 밥그릇과 제기, 손님용 수저, 천 조각부터 긴 옷감들까지 다락 안에는 시장만큼이나 구경할 게 많았다. 옷감으로 바다를 만들고, 그릇으로 집을 만들고, 숟가락, 젓가락으로 사람도 만들며 놀다 보면 어느새 마음이 풀어졌다.

"어디 갔니? 밥 먹어라."

밥상으로 부르는 소리가 들리면 주섬주섬 이야기의 세계에서 빠져나왔다. 계단을 내려가는 발걸음은 한결 가벼웠다.

2

"임 선생님, 올해 기찬이 맡게 되셨다면서요? 고 녀석 진짜. 젊은 여선생님이 감당할 수 있으려나 모르겠네. 여하튼 지내시다가 사고 치거나 하면 우리 교실로 보내세요."

"아니에요, 괜찮습니다. 제가 잘 지내볼게요. 그래도 힘들 때는 바로 말씀드릴게요."

웃으면서 대답을 하긴 했지만, 연륜 있는 부장님까지 그렇게 말씀하시자 덜컥 겁이 났다.

나는 작은 도시의 한 초등학교에 발령을 받은 2년 차 햇병아리 교사였다. 기찬이 이야기는 작년 교사 회의 때도 몇 차례 들은 적이 있었다. 2학년밖에 안 된 아이지만 폭발적으로 화를 내면 어른도 감당이 안 되어서 지도하는 데 애를 먹는다는 것이었다.

복잡한 내 마음과는 달리, 3학년이 된 우리 반 아이들은 이제 꼬꼬마를 벗었다는 듯 의젓한 표정과 초롱초롱한 눈빛으로 나를 보고 있었다. 기찬이는 얼핏 고개는 들었지만 눈을 맞추지 않은 채 멍하니 앞을 응시하고 있었다. 키도 작고 마른 몸을 한 저 아이가 싸움꾼이라니, 잘 믿기지 않았다.

첫 미술 시간에는 찰흙으로 '나의 꿈 만들기' 수업을 했다. 새 학기의 긴장도 풀고, 자기소개도 하기 위해서였다.

"얘들아, 이번 시간에는 찰흙으로 '나의 꿈 만들기'를 해보자. 이렇게 흙을 손바닥 위에 놓고 오랫동안 반죽하다 보면 흙이랑 마음이 통하게 된다는 거 알고 있니?"

아이들은 신기하다는 얼굴 반, 못 믿겠다는 얼굴 반으로 나를 바라보았다.

"흙에 어떻게 마음이 있어요? 말도 안 돼요."

"정말인지 아닌지 해보면 알지. 자, 지금부터 내 꿈에 대해서 흙이랑 이야기를 나누는 거야. 시작해볼까?"

아이들은 조몰락조몰락 자기 세계로 들어갔다. 그 사이를 돌며 작품 활동을 도와주고 있을 때였다. 창가 쪽 모둠이 웅성거렸다.

"너 거북이 만든 거야? 사람이 커서 어떻게 거북이가 되냐?"

"거북선 만든 거 아니야? 싸움하려고?"

"어디, 어디?"

아이들의 놀림에 기찬이는 거북이를 손바닥으로 가리면서 눈을 부라렸다.

"하지 말라고! 저리 가!"

옆자리에 앉은 녀석이 거북이를 빼앗아 높이 들어 올렸다.

"여기 있지롱."

"야! 내놔!"

기찬이는 씩씩거리며 손을 뻗었고, 옆자리 녀석은 더 신이 나서 놀려댔다. 엎치락뒤치락 끝에 거북이가 바닥에 떨어지더니 그만 한 덩어리의 흙이 되고 말았다.

"하지 말라고 했지. 저리 가라고 했지!"
흙덩이를 본 기찬이는 분을 참지 못하고
녀석의 얼굴을 있는 힘껏 긁었다.

"으앙!"

이마부터 턱까지 세로줄이 좍좍 그이고, 줄을 따라 송골송골 피가 배어 나오기 시작했다.

"너희들! 친구들끼리 이게 무슨 짓이야!"

장난으로 끝날 줄 알았던 일이 사고로 이어지자, 드디어 올 것이 왔구나 싶었다. 심장이 머리에서 뛰는 것만 같았다. 다친 아이를 데리고 서둘러 보건실에 다녀오니 교실은 온통 난장판이었다. 옆 반 선생님이 우리 반 창문 가에 붙어서 야단을 치고 계셨다.

"보건실에는 아이들을 보내야지, 선생님이 자리를 비우시면 안 되죠."

훈계까지 듣고 나니, 왜 이렇게 어려운 반을 맡게 되었는지 억울한 마음이 올라왔다. 교실에서는 기찬이와 친구들이 아직도 티격태격 중이었다. 그 모습을 보자 나는 폭발하고 말았다.

"모두 책상 위로 올라가서 손 들어! 여러 친구가 한 친구를 놀리면 되겠니? 앞으로 또 이런 일이 생기면 절대 용서하지 않을 거야. 그리고 기찬이는 앞으로 나와. 우리 반에서 친구를 때리는 일은 절대 안 돼."

기찬이에게는 친구들 앞에 서서, 친구를 때리지 않겠다고 큰 소리로 열 번 말하는 벌을 주었다. 하지만 낮고 메마른 목소리로 열 번을 다 채우는 동안, 기찬이의 얼굴에 반성의 빛이라고는 없었다. 그것이 나를 더욱 화나게 했다.

"진심이 느껴지지 않아. 친구들한테 네 마음이 전해지도록 더 크게 말해."

"친구를 때리지, 않겠습니다!"

"너 지금 화를 내는 거야? 다짐을 해야지. 다시 해!"

"친구를! 때리지! 않겠습니다!"

"아니, 다시! 친구가 얼마나 아플까, 미안해하는 마음으로 다시 해."

다리가 저린 듯 몸을 비틀던 아이들은 나와 기찬이의 기 싸움에 얼어붙었다. 열댓 번 실랑이가 계속되자 악을 쓰며 외치던 목소리가 한풀 꺾이면서 기찬이가 울먹거렸다.

"친구를… 때리지… 않겠습니다."

"그래, 됐어. 약속은 지키라고 있는 거야. 선생님이 앞으로 지켜볼 거야. 이제 들어가."

기찬이는 눈꼬리에 달린 눈물을 닦으며 자리로 돌아갔다.

수업을 마치는 종이 울렸다. 아이들을 집으로 돌려보내고, 나는 빈 교실 의자에 털썩 몸을 던졌다. 화내는 어른이 되지 않으리라 다짐했던 첫 마음은 어디 가고, 학기 초부터 아이들에게 벌을 주며 소리를 지르고 있다니. 기찬이와 한 해를 어떻게 보내야 할까 막막하기만 하였다.

며칠이 지난 체육 시간, 오랜만에 운동장으로 나와서 들뜬 아이들은 피구를 하고 싶다고 발을 구르며 졸라댔다. 우리 반의 단합을 위해서도 좋을 것 같아 허락하고 경기장을 그리자 아이들은 신이 나서 뛰어 들어가 자리를 잡았다. 점점 몸이 풀리며 경기가 한창 재미있을 때였다.

기찬이가 있는 쪽에서 또 술렁술렁 말소리가 높아졌다. 나는 가슴이 쿵쾅거렸다. 아니나 다를까, 기찬이가 머리로 친구의 배를 냅다 밀쳐버리는 것이다. 순식간에 두 녀석이 함께 나동그라졌다. 나는 뒤에서 기찬이의 허리를 부여잡고 두 녀석을 겨우 떼어놓았다. 끌려오면서도 발길질을 계속하는 바람에 모래가 사방으로 튀었다. 나는 기찬이의 팔을 부서질 듯 잡고는 세차게 돌려세웠다.

"그만두지 못해! 유기찬, 너 도대체 왜 그러는 거야?"

뒷모습과는 달리 기찬이의 얼굴은 눈물로 범벅이 되어있었다. 목에 걸린 덩어리를 애써 밀어 올리는 듯 한참을 울먹거리던 기찬이는 땅바닥을 향해 겨우 말을 토해냈다.

"잘해보려고 하는데……. 나만 없으면 좋겠다고, 없어졌으면 좋겠다고……."

"뭐?"

순간 나는 눈앞이 아득해졌다. 없었던 일처럼 묻어놓았던 옛 기억이 돌연 되살아났다. 운동장 바닥에 비스듬히 비친 훌쩍거리는 기찬

이의 그림자가 마치 내 그림자처럼 느껴졌다. 온몸을 내리누르는 슬픔에서 빠져나오기 위해 기찬이도 지금 발버둥을 치는 중인 걸까?

나는 애써 마음을 추스르고 두 녀석을 겨우 화해시켰다. 다행히 하교 시간이 되었다. 교문으로 향하는 줄 제일 끝에 기찬이가 걸어오고 있었다. 나는 잠시 망설였다. 오늘 겪은 일만으로도 기진맥진이었다. 하지만 오늘이 아니면 이 아이의 마음으로 들어갈 기회가 영영 오지 않을 것만 같았다.

"기찬아, 선생님하고 얘기 좀 하고 갈래?"

"혼나는 거예요?"

"아니야, 네 얘기 좀 듣고 싶어서 그래. 같이 운동장 한 바퀴 걸을까?"

우리는 운동장 가를 천천히 걸었다. 봄 햇살이 아직 가시지 않은 추위를 녹이고 있었다.

기찬이가 뒤처지는 것 같아 고개를 돌리자, 가방끈을 쥐고 있는 빨간 손이 눈에 들어왔다. 쉴 새 없이 물어뜯어서 거칠거칠해진 손톱과 껍질이 다 벗겨진 속살. 나는 그것이 무엇을 의미하는지 알 수 있었다. 나도 그랬지. 365일 애꿎은 손톱에 화풀이를 해댔었지.

"그 말이 얼마나 아픈 말인지 나도 알아."

나도 모르게 나온 말이었다. 기찬이는 처음으로 얼굴을 들었다.

"그러니까 말해도 돼. 선생님도 기찬이처럼 손톱 물어뜯고, 싸우고, 집 나갔다가 붙잡혀오고. 너 같은 건 없는 게 낫다고 혼나던 어린 애였으니까."

"선생님이요?"

동그란 눈은 정말이냐고 묻고 있었다.

"응. 지금은 커서 괜찮은 것처럼 보이지만, 아직도 뭐."

나는 어깨를 으쓱했다.

우리는 정글짐을 등받이 삼아 앉았다.

기찬이가 웅크리고 앉은 모습은 정말 한 마리 거북이 같았다.

"그런데 미술 시간에 거북이는 왜 만들었니?"

"저… 진짜로 거북이가 되고 싶거든요. 아빠, 엄마 싸우는 소리 들릴 때나, 엄마가 너랑 아빠랑 똑같다고 화내면서 쫓아낼 때나 그럴 때요. 거북이 등껍질 속으로 들어가면 소리도 안 들리고, 따뜻할 것 같아서요. 또 어디에서 살아야 하나 걱정 안 하고 멀리 갈 수도 있잖아요."

요 맹랑한 녀석 좀 봐라. 나는 기찬이의 쓸쓸하면서도 힘이 있는 말투와 아이답지 않은 생각에 놀랐다.

'하지만 어두컴컴한 등딱지 속은 외롭고 슬플 텐데. 어떻게 하면 네가 덜 외로울 수 있을까.'

그때 불현듯 어린 시절의 다락이 눈앞에 떠올랐다. 내 마음은 그

어슴푸레한 창문의 햇살처럼 기찬이의 어깨에 말을 걸고 있었다. 교실에 갖추어 놓은 갖가지 만들기 재료들도 떠올랐다. 그만하면 놀기에 충분할 것 같았다.

"너 그때 거북이 완성 못 해서 속상했지? 선생님이 멋진 재료들을 가지고 있는데, 한번 만들어볼래?"

"그래도 돼요?"

나는 기찬이의 빨간 손을 감싸 쥐고 교실로 돌아왔다. 빈 교실은 오후의 햇살로 아늑했다.

"어떤 재료가 좋을지 골라봐. 상자도 있고, 찰흙도 있고, 나뭇가지, 비즈, 색종이, 클립, 실. 이거 다 써도 되니까 거북이 만들어서 실컷 놀아봐."

"진짜 많다. 선생님, 정말로 이거 다 써도 돼요?"

"그럼! 나는 내 자리에 가 있을 테니까, 도움이 필요하면 언제든 불러."

기찬이는 천천히 재료들을 바라보더니 찰흙을 골랐다. 그리고 흙을 오랫동안 두드리고 펴서 거북이를 만들고, 등껍질에 비즈를 보석처럼 박아 넣었다. 반짝거리는 은박지로 투구도 씌웠다. 나뭇가지를 실로 엮어 사다리도 만들었는데 그 안에는 수백 명의 군사가 타고 있다고 했다.

"여기는 다 바다예요."

기찬이가 손가락을 뻗어 교실 뒤편을 가리켰다.

"그렇구나, 아주 넓은 바다네."

거북이는 서서히 헤엄을 치더니, 이내 보이는 모든 것을 쳐부수기 시작했다.

"쉬웅쉬웅. 파! 픽! 으윽… 쉬웅."

아이들의 사물함도, 휴지통도, 화분도, 책상도 폭격을 맞았다. 교실 뒤편에 전시해놓은 찰흙 작품들도 공격을 피할 수 없었다. 마지막으로 자신을 놀렸던 친구의 작품을 힘차게 쳐부순 거북이는 바다로 천천히 내려앉았다. 기찬이의 얼굴이 눈에 띄게 말개져 있었다.

"이제 됐어요."

"잘했어."

바라보는 내 마음도 그렇게 시원할 수가 없었다.

"기찬아, 이 교실은 거북이를 위한 바다야. 답답하거나 슬프거나 뭔가 풀고 싶을 때는 언제든지 선생님을 찾아와, 알았지?"

그 후로 기찬이는 한 달에 두세 번씩 집으로 가던 발걸음을 돌려 바다를 찾아왔다. 거북이와 바닷속 커다란 괴물들의 전쟁은 한참 동안 이어졌다. 몸을 굳게 하는 두려움을 이겨내고 괴물들을 완전히 쳐부수기 위해 거북이는 온 힘을 다했다. 치열한 전쟁에서 승리한 후 간간이 바다가 평화로워지면 거북이는 옛 동굴을 부수고 새로운 동굴을 만들었다.

기찬이의 학교생활도 서서히 달라졌다. 싸움꾼의 일과가 하루아침에 달라질 리는 없었지만, 싸울 때도 폭발 직전의 마음을 달래려고 애쓰는 게 보였다. 그럴 때 기찬이의 눈빛과 내 눈빛은 비장하게 연결되고는 했다. 기찬이는 속눈썹이 바르르 떨리면서도 주먹을 휘두르지 않았다. 대신 깊은숨을 몰아쉬었다. 기찬이가 숨을 훅 내뱉고서 싸움을 접고 화해했던 날, 아이들은 놀라서 야단법석을 떨었지만 기찬이는 그저 씩 웃을 뿐이었다. 편안한 얼굴에서 빛이 났다. 나중에 기찬이는 내게 다가와서 자기 가슴을 두드리며 말했다.

"선생님, 여기 좀 두드려 보세요. 저 이제 가슴이 단단해졌어요."

"진짜 그렇네. 넌 정말 큰일을 해낸 거야. 네가 너무 자랑스러워."

용감한 거북이는 쉬지 않고 깊은 바닷속을 여행하면서 귀한 돌과 보석들을 물고 와 동굴을 꾸몄다. 거북이의 새 동굴이 완성되던 날, 기찬이는 눈으로 자신의 작품을 더듬으며 한참을 앉아있었다. 웃음도 눈물도 넘어선 감격에 할 말을 잊은 듯했다. 그 모습을 바라보는 내 마음에도 반짝이는 물결이 일렁거렸다.

들쭉날쭉하던 기찬이의 공부도 어느새 자리를 잡아갔다. 한 해가 다 갈 무렵이 되자, 기찬이는 수업 시간에 대답을 하거나, 모둠 활동 시간에 대표로 발표해서 박수를 받기도 했다. 방과 후에는 친구들과 축구를 하는 모습도 종종 보였다. 마음이 기쁨으로 벅차오른다는 게 이런 것일까? 교실 창문에 기대어 운동장을 내려다보며 파이팅을 외치면 아이들도 폴짝폴짝 뛰며 손을 흔들었다.

한 해는 길면서도 짧았다. 나는 조각천을 바느질해서 작은 거북이 한 마리를 만들었다. 4학년이 되는 기찬이를 위해 거북이 열쇠고리를 선물해 줄 생각이었다. 파랑, 하양, 회색, 노랑. 천 조각을 이어붙일 때마다 기찬이와 함께 한 추억들이 떠올라 웃음이 났고 때론 눈물이 맺혔다. 힘겹고 아프고 사랑스럽고 아름다운 추억이 모인 알록달록한 등껍질은 아름다웠다. 너에게 어떤 아픔이 다가왔든 괜찮다고, 그 것으로 너는 더 아름다운 아이가 되었다고 말해줄 참이었다. 쉽지 않겠지만 너는 그 힘으로 바다를 헤엄쳐 나갈 수 있을 거라고 말이다.

추운 겨울, 봄방학을 앞두고 나는 마지막으로 기찬이를 교실로 불렀다. 기찬이도 이별이 슬픈지 내 눈을 잘 쳐다보지 못했다.

"선생님, 오늘은 여기 바다 위에 배를 만들고 싶어요."

"정말 멋진 생각이다. 뭘 가지고 배를 만들어볼까?"

우리는 방석을 여러 개 이어붙여 큰 배를 만들었다. 이제 기찬이는 새로운 출발을 향해 멋진 항해를 하게 될 것이다.

"기찬아, 그동안 거북이와 함께하면서 너무나 행복했어. 기찬이가 커가는 모습은 말로 다 표현 못 할 만큼 큰 선물이었어. 정말 고마워."

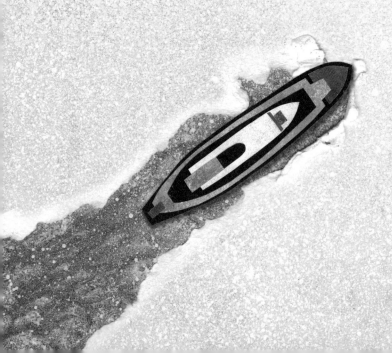

그 말에 기찬이는 울음을 터뜨렸다.

"선생님이랑 헤어지고 싶지 않은데⋯⋯."

"내년에도 볼 수 있으니까 걱정하지 마. 선생님은 네가 크는 모습을 늘 지켜보고 있을 거야."

그러나 한 번 터진 기찬이의 울음은 잦아들지 않았다.

"괜찮아. 넌 정말 멋진 아이야. 4학년이 되어도 잘할 수 있어."

어떠한 위로에도 한참을 서럽게 목놓아 울던 기찬이는 천장을 향해 눈을 감은 채 참아온 말을 이어나갔다.

"선생님, 우리 엄마, 아빠 이혼한대요. 저 전학 가야 한대요."

다음 날, 기찬이의 어머니가 학교를 찾아왔다. 기찬이를 그대로 옮겨놓은 얼굴이었다.

한 해 동안 기찬이를 잘 돌봐주셔서 고맙다고, 덕분에 아이가 차분해지고 밝아졌다고 했다. 그동안 집에서는 크고 작은 다툼과 가정폭력이 있었다고도 했다.

"기찬이를 위해 참고 산다고 생각했었어요. 그런데 실은… 용기가 나지 않았던 것 같아요."

이제 혼자지만 힘내서 아이를 키우겠다고 말하는 어머니의 표정은 단단해 보였다. 거기에 더해 어머니가 남긴 마지막 말은 나를 깊이 흔들어놓았다.

"지난여름인가, 기찬이가 놀라운 말을 했어요. '엄마도 마음이 산산조각이 났지만, 그걸 붙이려고 애쓰고 있는 거지?' 하고요. 제가 그 말을 듣고 놀라기도 했지만, 정말 큰 위로를 받았어요. 그 후부터 기찬이에 대한 걱정도 내려놓게 되었어요. 여러모로 고맙습니다."

가방에 딸랑이는 거북이 열쇠고리를 달고 기찬이는 떠났다. 나는 가슴 한가운데 구멍이 난 듯 허전했다. 하지만 쓸쓸함은 그리 오래가지 않았다. 마음속 깊은 곳에서 울리는 목소리가 앞으로 가야 할 길을 일러주고 있었다. 기찬이가 남긴 추억들이 망설이는 발걸음을 부추겼다.

그래, 더는 어깨를 으쓱하며 없던 일처럼 나를 내버려 두지 말자. 내 마음의 조각들도 먼지를 털고 이어 붙여보자. 아프고 힘겨운 일이지만, 그 끝에 탄생하는 조각보는 알록달록한 거북이의 등껍질처럼 눈물 나게 아름다울 테니까.

새로운 다락이 어른이 된 '나'를 부르고 있었다. 삐거덕, 나는 그 문을 열었다.

3

어쩌면 너의 이야기

서울에서 강원도 쪽으로 두 시간 남짓 달리자 드디어 바다가 모습을 드러냈다.

"후, 저 푸른 빛깔 좀 봐."

혼자 달리고 있다는 걸 깜빡 잊고 감탄사를 토해낼 만큼 겨울 동해의 색감은 그윽하였다.

20여 년 만에 홀로 떠나는 휴가였다. 그동안 나는 무엇인가에 홀린 듯 살아왔다. 주위의 만류에도 불구하고 학교를 퇴직하고, 심리상담사가 되는 과정을 밟고, 가족들 간에 묶여있던 매듭을 풀고, 아동청소년 상담센터에서 마음을 다해 아이들을 만났다. 슬프고 행복하고 아프고 보람된 시간이 쌓이면서 최근 종종 몸이 아팠다. 잠시 쉬면서 신발 끈을 고쳐 매라는 신호인 것 같아 홀쩍 떠나온 것이다.

강원도의 한적한 바닷가 마을로 숙소를 정한 데에는 특별한 이유가 있다. 바로 저기 보이는 게스트하우스 '헤엄치는 거북이'의 주인이 나를 초대했기 때문이다. 서핑으로 유명한 곳이라더니, 곳곳에 서핑 장비들이 눈에 띄었다. 마당으로 차가 들어서자 기다리고 있었다는 듯 현관문이 활짝 열렸다.

"선생님! 이쪽이에요! 어서 오세요!"

"세상에, 이게 얼마 만이니. 기찬아, 너 정말 어른이 됐구나!"

"하하, 저 이제 애 아빠예요. 어서 들어오세요. 저희 식구들도 기다리고 있어요."

건물 안으로 들어서자 나무로 된 소박한 데스크가 나를 맞았다. 그 가운데에 이곳의 로고인 듯 거북이 한 마리가 새겨져 있었다. 알록달록한 등껍질이 낯익었다.

"선생님, 이거 기억나시죠? 제 아이가 거북이 열쇠고리를 보고 그린 거예요."

"그럼."

어떤 말도 필요가 없었다. 거칠면서도 따스한 나뭇결을 따라 거북이를 쓰다듬는 것만으로 충분했다. 거북이는 오후의 햇살을 받으며 푸른 바다 물결을 따라 유유히 헤엄치고 있었다.

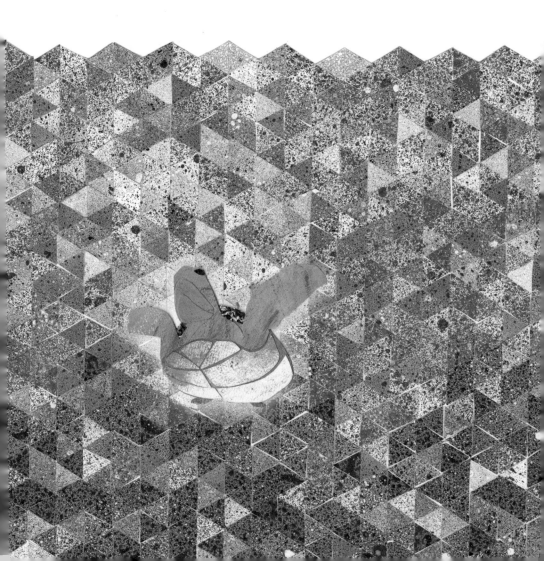

나는 하늘을 날고 싶었어
그래서 날아올랐지

글·그림 조은경

나는 하늘을 날고 싶었어.

그래서 날아 올랐지.

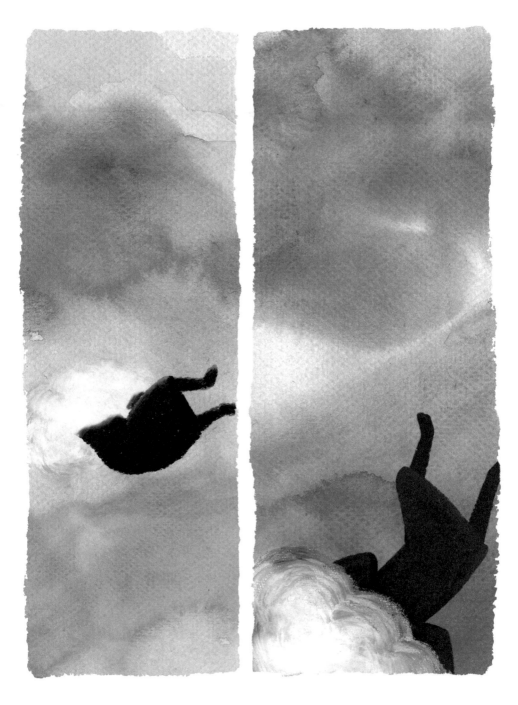

하지만, 이런 꼴이 될 줄이야.

이런 우스운 꼴이라니!

나는 이것에서 벗어나기 위해 내가 할 수 있는 모든 것을 했어.

하지만 아무 소용이 없었지.

그때 누군가의 목소리가 들렸어.

오아-

우와!
안전 멋있어

"정말 근사하다! 나 또 놀러 와도 돼?"
아이의 말에 조금 당황스러웠지만 나는 이렇게 대답했어.

"응, 물론이지."

이렇게 지내는 것도
나쁘지 않은 것 같아.

이것도 나니까.

작가의 말 &

셀프 포트레이트

송선미

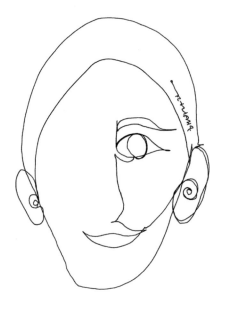

배우로, 엄마로 성숙해지는 과정을 겪고 있는 한 사람으로 이 글은 나의 삶에 대한 가치관을 반영하고 있다.

어렸을 때부터 성공보다는 행복하게 살고 싶다는 바람이 컸다. 그것은 지금도 마찬가지다. 힘든 일을 겪으며 혼자서는 행복할 수 없다는 것을 깨달았다. 이제는 삶의 방향이 비슷한 사람들과 조금은 느리게 살고 싶다.

나의 소중한 딸도 행복한 삶을 살았으면 좋겠다. 그리고 이 땅에 사는 모든 아이들에게도 행복한 세상을 건네고 싶다.

더불어 누구나 혼자가 아닌 세상을 꿈꾸며, 이 땅의 아이들과 내 딸에게 작은 위로를 전하고자 이 글을 썼다. 부디 나의 소소한 마음이 건네지기를 바란다.

딸과 함께 한 첫 번째 작업 〈아리코〉. 나를 항상 지지해주고 응원해주는 아리야, 나도 언제나 너에게 좋은 사람이 될게. 내 딸로 태어나줘서 고마워. 사랑해.

오달빛

남 눈치만 보며 살았다고 억울해했는데
사실은
하고 싶은 거 하나도 놓치지 않고 다 하며 살았던
뒤로 호박씨 수두룩하게 깠던 스타일
그리고 보니 나를 키운 건 무수한 가출과 유희였다.

사랑에 빠졌다가 정신 차려보니 가정을 이뤘다.
자신만의 집이 굳고 단단한 제일 기다란 남자
예민하고 조심스럽지만 운동신경 좋은 남자
빠른 두뇌 회전과 눈치로 애교 풀(full) 장착한 남자
나의 가장 친애하는 스승들, 세 남자

이미 알고 있는 것보다 새로운 것을 배우는 게 좋고
많이 알수록 사랑하게 된다는 것이 삶의 신조

이 세상은 사랑하고 싶은 마음과 사랑받고 싶은 마음으로
가득 차 있다고 믿어 의심치 않고
현재 내가 아는 사랑이란 분별하지 않는 것

산을 지나가다 마주친
열심히 도토리 까먹는 다람쥐를 바라보듯 나 자신을 바라보고
만나는 모든 이를 환대하며
모든 것에 분별없이 그렇게 살다 가고 싶다.

구본순

구(갖출 具) 본(근본 本) 순(순박할 淳)

어린 나이에도 내 이름 석자가 마음에 들었다. 내면을 바르게 채우며 살아가는 삶이 멋있게 느껴졌다. 동생이 떠난 후 그의 삶까지 짊어졌다. 언니로서 그래야 한다고 생각했다. 삶은 혼자 살아내야 한다고 모질게 채찍질했다. 내 이름답게 사는 게 뭐 그리 중요했을까?

그렇게 홀로 있는 나를 묵묵히 지켜봐 주는 남자를 만났다. 내 여백을 채우려 하지 않고 그냥 함께 있어주는 사람, 고마웠다. 그 울타리 안에서는 무엇이든 다 할 수 있을 것 같았다. 이런 사랑을 할 수 있다는 것이 축복이다.

있는 그대로 드러내는 진솔함이 아름답다고 느끼며 살고 있다. 무엇인가를 움켜쥐기보다 약간 느슨하게 내려놓는 것이 아름답다. 내 삶이, 내 글이 사람들에게 작은 위로가 되기를 바란다.

송현정

"하면 되지 뭐." 하고 무심한 투로 내뱉고 나면 결국은 해내게 된다.

이야기는 어디서 오는지 늘 궁금했던 나는, 무난함으로 가장한 하루하루를 쌓아 〈최고의 하루〉를 만들었다. 과거에 풀지 못한 매듭은 기억에서 모조리 지워 현재의 이야기에 집중할 수 있게 해준 나의 기억력에 찬사를 보낸다.

나의 첫 이야기를 온 감각으로 환영해준 박시연 양, 고마워요.

불평과 불만으로 포장을 하였지만, 멋진 삽화 선물로 극적 감동을 안겨준 이야기 속 두더지이자 현실의 남편인 박재용 님께 중대과실 면책권을 드립니다. 진심으로 감사합니다.

권현실

마흔이 넘어도 사람 성격 참 안 변한다. 남의 말 순하게 듣기보다 내 뜻대로 일을 저질러서 없어도 될 삶의 굴곡을 내 손으로 만들며 살았다. 하고 싶은 건 무슨 수를 써서든지 해야 하고 하기 싫은 건 죽어도 못하는 '이눔의' 성격.

이번 동화 작업도 그랬다. 쉬운 건 하나도 없었다.

굳이 아팠던 시절로 다시 돌아가 울고 끙끙대며 우울과 정면으로 맞대면하는 나를 이해할 수가 없었다. 그렇지만 결국 한 편의 이야기를 내놓게 되지 않았는가, 그 성격 덕분에.

그게 뭐든 좋기만 한 것도 나쁘기만 한 것도 없더라. 만다라도 여러 색깔의 조각들이 어우러질 때 더 아름답더라. 무겁고 어두운 삶의 조각을 애써 이어붙이고 나니 인생이란 작품이 더 귀하더라.

내가 만들어가는 글과 그림이 이렇게나 나를 위로해줄 줄은 미처 몰랐다. 그 위로가 이 동화를 읽는 분들께도 그대로 전해지기를 바란다.

글과 그림이라는 새로운 길을 보여주신 분들과, 안에 있던 보석을 발견하고 서로 기뻐해 주었던 D, D 덕분에 긴 여정을 행복하게 걸을 수 있었다. 진심 어린 감사와 사랑을 전한다. 그리고 부족한 아내이자 엄마인 나를 세상 둘도 없는 사람처럼 사랑해주는 내 가족들에게 우주만큼 사랑한다고, 우리 새로운 심장으로 힘차게 굴러가자고 속삭여본다.

조은경

뒤를 돌아보면 참혹했고 앞을 내다보면 암담했다. 밖은 언제나 낯설었고 지금 이곳이 어디인지 몰라 우두커니 서 있기 일쑤였다. 그럼에도 불구하고 걸었다. 멈춰 있을 수 없었기 때문에 무작정 걷기는 했지만, 아주 가끔은 반짝이기도 했고 또 아주 가끔은 따뜻하기도 했다. 그리고 그 순간, 함께하는 누군가가 내 곁에 있었고 덕분에 계속 걸을 수 있었음을 이제 조금 알 것도 같다.

여전히 밖은 낯설고 툭하면 길을 잃기도 하지만, 더 이상 무심히 걷지만은 않으려 한다. 무작정 걸으며 지나온 어느 길 위에 힘없이 파묻힌 나의 상처를 마주할 작은 용기가 생긴 지금, 그 상처 그대로의 나를 나에게 보여주는 첫 이야기이다.

추천의 말

기획자의 말

돌보는 사람들의 작업

김희진

《돌봄 인문학 수업》,《사회과학책 만드는 법》 저자

이 책에 실린 여섯 편의 글과 그림은 돌보고 기르며 일하는 사람들이 스스로를 돌보기 위해 시간을 내고 집중력을 발휘해 몰두한 결과물(제 표현으로는 '작업')입니다.

제가《돌봄 인문학 수업》이라는 책을 쓴 계기도 아이를 키우는 경험 속에서 '돌보는 사람들을 위한 돌봄'에 관해 생각하게 되었기 때문입니다. 돌보는 사람이 힘들다거나 돌보는 사람의 수고가 저평가되고 있다거나 돌보는 사람이 기쁘고 행복하다는 말을 하는 데 그칠 거라면 굳이 책까지 쓰지는 않았을 겁니다. 저는 남을 돌보는 사람만이 자신을 돌볼 수 있고, 자신을 돌보는 사람이 남을 돌볼 수 있다는 말을 하고 싶었습니다. 타인 돌봄과 자기 돌봄이 만나는 지점에서 어떤 '작업'이 하나의 열매처럼 맺어질 수 있다는 사실도 말이지요. 저 스스로

이 주제에 대해 책을 쓰는 것이 분명한 하나의 사례라고 여겼습니다. (이런 마음을 널리 알리는 데에 성공했는지 모르겠지만 그래도 제 책을 읽어주신 분들이나 강의에서 만난 '돌보는 사람들'은 제가 이야기하는 바에 공감해주었습니다. 이 책을 펴내는 맹수현 대표님도 그런 분이시고요.)

'돌봄 인문학'이라는 말을 쓴 것도 돌봄과 관련된 많은 이슈 중에서 특히 돌보는 사람의 '작업'에 관심이 있었기 때문입니다. 인문학이란 삶을 언어로, 언어를 삶으로 연결시키는 방법이자 도구이기 때문이지요. 제가 배워온 바에 따르면 사람은 삶이 계획이나 예상했던 것과 다르게 흘러갈 때, 이유를 깨닫기 어려운 고통이나 슬픔을 겪을 때, 그것을 감당할 언어가 필요하고 또 그것을 감당하고 나면 새로운 언어가 생겨나는데 그것이 인문학이라는 이름으로 수천 년 동안 축적되어 온 것이거든요.

사실 이 책을 쓰고 그린 여섯 분은 여기에 실린 이야기와 그림들이 특별히 '돌봄'과 관련된 것은 아니라고 주장하실 것 같기도 합니다. 여기 모인 작가들이 아이들을 통해 만나고 아이를 키우는 일로 많은 소통을 나누긴 했지만, 그것이 이 이야기와 이미지를 만들어내는 데에, 그리고 그것을 하나의 책으로 묶어서 독자 대중에게 전하기로 마음먹는 데에 결정적인 계기가 된 것은 아니라고 말이지요. 그럴듯한 이야기입니다. 하지만 저는 이 책에서 돌봄과의 특별한 관계를 암시하는 수많은 증거를 찾아냈습니다. 이 증거들을 보시고 독자들이 직접 판단해주시면 어떨까요?

참, 여러분은 돌봄이 양육이라고 생각하시는 것은 아니겠지요? 제가 저의 경험을 굳이 양육이라고 하지 않고 돌봄이라고 했던 것은 우리의 노동이 다른 많은 비슷한 노동들과 연결되어 있다고 느꼈기 때문입니다. 어린이를 돌보건 노인을 돌보건 동물을 돌보건 아픈 사람들을 돌보건 가족을 돌보건 친구를 돌보건 손님을 돌보건, 기르고 돌보는 일에는 어떤 공통점이 있습니다.

그중 가장 핵심인 것은 돌봄이 '취약한 존재에 대한 존중과 수용'의 태도를 필요로 하고 목표로 한다는 사실입니다. 그것은 이를테면 인간의(혹은 모든 생명의) 취약성을 고요히 바라보는 일이고, 그렇게 바라보다가 그 취약한 존재의 고유성과 존엄성을 발견하고 음미하게 되는 일입니다. 이 책에서도 이런 순간을 표현하는 대목이 많이 나옵니다.

〈아리코〉는 아리코 왕국의 성에 사는 공주와 딸의 이야기입니다. 열 살 딸과 함께 읽었는데 아이는 특히 공주의 남편이 방문했다가 돌아오지 못하게 된 나라인 '대두나라'와 공주의 머리색이 투명하다는 것을 무척 좋아했어요. 저는 리코가 공주에게 용기를 불어넣어 주는 방법이 마음에 들었습니다. 다음에 누군가 제 옆에 용기를 필요로 하는 사람이 있다면 꼭 이렇게 해주어야지 결심할 정도였어요.

"안 돼. 밖은 너무 위험해. 성안에서 놀자."
하지만 리코는 계속 떼를 썼어요.
"싫어. 나는 밖으로 나가고 싶단 말이야."
"엄마는 너무 무서워."
"엄마, 그럼 내가 용기를 줄까?"
리코는 용기, 용기, 용기를 세 번 외치고는 손으로 하트를 만들어 공주의 가슴에 대주었어요. 공주는 선뜻 마음을 내기 어려웠지만, 한편으로는 걱정도 되었어요.
'내가 정말 용기가 없는 건 아닐까? 너무 걱정이 많고 조심스러워서 도전을 못하는 것은 아닐까? 리코는 그러지 않았으면 좋겠는데……. 엄마인 내가 용기 있는 모습을 먼저 보여줘야 할 텐데.'
-송선미, 〈아리코〉 중

이렇게 누군가를 위해서 한 발 더 앞으로 나가본 경험이 저에게도 있습니다. 그리고 우리가 돌보고 있다고 생각하는 대상으로부터 오히려 힘과 격려를 받을 때도 많이 있었지요. 그것은 돌봄이 '둘이서 추는 춤'이기 때문입니다. 우리는 돌보아야 할 대상인 어떤 존재들 덕분에 세상으로 한 발 더 나아가고 세상과 맞부딪히곤 합니다.

〈빰풍선〉에서 '나'는 무서운 뿔을 숨기기 위해 모자를 쓰고 계신 아버지에게 늘 호되게 혼이 납니다. 어느 날 '나'는 아버지가 때린 빰이 "누가 보는 것도 아닌데 부끄러워서 참을 수가 없었"다고 말합니다. 이 부끄러움 역시 돌봄에서 중요한 감정입니다. 부끄러워야 할 사람은 때린 아버지인데 나는 그 부끄러움을 대신 느끼고, 빰의 상처는 그 부끄러움의 대상이 됩니다.

> 나는 웃지 않았어. 부풀지 못하도록 누르지도 않았어. 그저 빰의 고통을 가만히 바라보았지. 그리고 그 뜨거움을 가슴으로 느끼고 싶었어. 눈을 감고 빰을 쓰다듬어보았어. 쓰다듬는 손을 따라 그 부위가 따끔거렸어. 부풀던 빰은 내 손길이 닿자 잠잠해졌어. 잠시 나를 기다려주는 듯했어. 나는 이 빰풍선이 이제야 나의 일부로 느껴졌어.
> "미안해. 너를 부끄러워하고 숨기려고만 했어. 네가 아파할 때마다 외면해서 정말 미안해."
> ─오달빛, 〈빰풍선〉 중

이렇게 상처를 바라보고 그 상처는 우리를 더 넓은 곳으로 데리고 가기도 합니다. 그리고 다른 사람들에게 난 상처들, 그들 자신도 모르는 상처들을 발견하고 관찰할 수 있게 합니다. 그것이 얼마나 따뜻하고 아름다운 일인지 궁금하다면 마지막 그림을 다시 한번 가만히 들여다 봐주세요.

〈지수의 풍경〉 역시 털어놓기 쉽지 않은 경험을 이야기하고 있습니다. 어쩌면 그냥 마음에 묻어두고 지나쳤을 수도 있을 경험과 감정을 가만히 바라보는 이야기라고 할 수 있습니다. 자세한 내용을 말해버리면 이 글을 먼저 읽는 독자께 스포일러가 될 수 있으니 더 이상의 소개는 참으려고 해요. 제가 깜짝 놀란 부분은 73쪽의 '자퇴 신청서' 그림입니다. 수화로 기록된 이 신청서의 내용을 읽을 수는 없지만 어쩐지 우리는 그것이 말하려고 하는 바를 정확히 알 것만 같은 느낌이 듭니다. 그리고 지수가 부모님의 뜻에 따르려던 자신의 삶을 스스로의 중요한 결정으로 제자리에 돌려놓는 그 선택이 얼마나 건강하고 단단한 것인지, 믿음을 갖고 응원하게 됩니다. 아, 이조차 스포일러가 될 수도 있지만 우리는 돌보는 경험을 통해 우리를 돌봐온 수많은 손길과 발걸음과 마음 씀에 대해 생각하게 된다는 것을, 이 이야기를 통해 다시 확인하기도 했습니다.

〈최고의 하루〉는 개구리와 두더지라는 아주 다른 습관을 가진 존재가 연약하고 아름다운 삐약이를 키우게 되는 이야기입니다.

"맨질맨질 반들반들이라고? 평범한 알에 근사한 이름을 붙이다니, 재미있는 친구인걸?"

(중략)

"사과 한 알을 나눠 먹을 수 있다니, 둘이 함께 지내는 것도 나쁘지 않은걸? 남은 사과를 처리하는 건 꽤 귀찮은 일이니까."

-송현정, 〈최고의 하루〉 중

우리는 우리와 다른 존재에게 처음에 이런 호기심과 가벼운 마음으로 빠져듭니다. 그러곤 곧 깨닫죠. 다른 존재와 함께하려면 나의 너무 많은 부분을 희생해야 한다는 사실을요.

"세상에, 주위가 이렇게나 고요하다니! 이제야 내 마음에 쏙 들던 그때의 우물로 돌아왔네."

한참을 그대로 누워 행복해하던 개구리는 눈을 반짝이며 일어나요.

"자, 이제 다시 재미있는 일을 해볼까? 지금 기분이면 뭐든 해낼 수 있을 것 같아."

-송현정, 〈최고의 하루〉 중

하지만 곧 깨닫습니다. 아무리 평화로워도 혼자서 살아갈 수는 없다는 사실을 말이죠. 그래서 개구리는 정말로 용감하게 두더지를 잡아 세웁니다. 이게 얼마나 어렵고 위대한 일인지 해본 사람들은 다 알고 있을 거예요.

"자, 잠깐!"

개구리는 떠나려는 두더지를 잡아 세우고는 말해요.

"우리 다시 함께 지내보는 거 어때? 병아리의 삐약삐약 소리가 사라지니까 우물 안이 텅 빈 것 같았어. 너희가 내 옆에 있었으면 좋겠어."

"킁킁, 우물 안이 엉망으로 어질러져 있잖아. 이렇게 지저분한 곳에선 나도 병아리도 살 수 없어."

개구리는 두더지의 손을 놓지 않고 말해요.

"그, 그럼 치우면 되잖아."

두더지는 개구리를 빤히 보더니, 고개를 갸웃하며 물어요.

"네가?"

"아니, 아무래도 네가. 치우는 건 네 전문이라고 했으니까."

−송현정, 〈최고의 하루〉 중

'나는 네가 필요해.' '나는 너와 함께하고 싶어.' 이런 말을 할 수 있는 사람은 세상에서 가장 용감하고 지혜로운 존재일 거예요. 그래서 개구리와 두더지 역시 각자의 습관을 많이 바꾸지 않고도 서로를 배려하는 법을 찾게 된 걸 겁니다.

〈거북이가 되고 싶은 아이〉에도 누군가를 지켜주거나 변화시키고 싶을 때(그렇지만 상대가 내 마음을 잘 알아주지 않을 때) 가만히 지켜보는 것이 좋은 방법이 될 수 있다는 사실을 상기시키는 장면이 등장합니다. 그야말로 돌봄의 교과서에 실려도 될 것 같은 장면이었어요.

나는 기찬이의 빨간 손을 감싸 쥐고 교실로 돌아왔다. 빈 교실은 오후의 햇살로 아늑했다.

"어떤 재료가 좋을지 골라봐. 상자도 있고, 찰흙도 있고, 나뭇가지, 비즈, 색종이, 클립, 실. 이거 다 써도 되니까 거북이 만들어서 실컷 놀아봐."

"진짜 많다. 선생님, 정말로 이거 다 써도 돼요?"

"그럼! 나는 내 자리에 가 있을 테니까, 도움이 필요하면 언제든 불러."

기찬이는 천천히 재료들을 바라보더니 찰흙을 골랐다. 그리고 흙을 오랫동안 두드리고 펴서 거북이를 만들고, 등껍질에 비즈를 보석처럼 박아 넣었다. 반짝거리는 은박지로 투구도 씌웠다. 나뭇가지를 실로 엮어 사다리도 만들었는데 그 안에는 수백 명의 군사가 타고 있다고 했다.

"여기는 다 바다예요."

기찬이가 손가락을 뻗어 교실 뒤편을 가리켰다.

"그렇구나, 아주 넓은 바다네."

거북이는 서서히 헤엄을 치더니, 이내 보이는 모든 것을 쳐부수기 시작했다.

"쉬웅쉬웅. 파! 퍽! 으윽… 쉬웅."

아이들의 사물함도, 휴지통도, 화분도, 책상도 폭격을 맞았다. 교실 뒤편에 전시해놓은 찰흙 작품들도 공격을 피할 수 없었다. 마지막으로 자신을 놀렸던 친구의 작품을 힘차게 쳐부순 거북이는 바다로 천천히 내려앉았다. 기찬이의 얼굴이 눈에 띄게 말개져 있었다.

"이제 됐어요."

"잘했어."

바라보는 내 마음도 그렇게 시원할 수가 없었다.

"기찬아, 이 교실은 거북이를 위한 바다야. 답답하거나 슬프거나 뭔가 풀고 싶을 때는 언제든지 선생님을 찾아와, 알았지?"

　　　－권현실, 〈거북이가 되고 싶은 아이〉 중

〈나는 하늘을 날고 싶었어 그래서 날아올랐지〉 역시 아이와 함께 읽었던 작품입니다. 하늘로 용감하게 날아오른 아이가 구름을 얼굴에 뒤집어쓰고 이런 말을 내뱉습니다. "하지만 이런 꼴이 될 줄이야!" 아이와 나는 깜짝 놀라서 동시에 외쳤죠. "너무 귀여운데, 왜???!!!" 하늘로 날아오르는 건 쉬운 일이 아닙니다. 역시 용기가 필요한 일이죠. 그리고 용기를 내서 열심히 도약했는데 결과가 실망스럽고 창피한 경우는 너무나 많습니다. 우리 삶이 온통 그런 일들로만 이루어져 있다고 해도 과언이 아닐 거예요. 하지만 실망스럽고 창피하다는 기준은 어디에서 온 걸까요? 돌봄이 취약성을 존중하는 태도나 오래 가만히 들여다보는 일과 관련되어 있다는 이야기는 이미 했지만 한 번만 더 할게요. 그렇게 가만히 들여다보다 보면 무엇이 보이는지 생각해보셨나요? 그 존재만이 가진 고유함이 보입니다. 우리는 80억 인구가 알콩달콩 오밀조밀 북적대며 살아가는 세계에 살고 있어서 많은 것을 양적으로 분류하고 판단하고 평가하는 일에 익숙해져 있습니다. 늘 강조하지만 이것이 나쁘다는 말이 아니에요. 이건 어쩔 수 없는 일이죠. 하지만 그런 세상이기 때문에 더더욱 가까이 오래 들여다보아야 할 것들을 놓쳐서는 안 된다고 생각해요. 이 이야기는 여러 사람에게 다르게 읽힐 수 있겠지만 저에게는 그렇게 읽히기도 했습니다.

오래전 읽은 "기억하고, 반복하고, 작업하라"라는 어느 정신분석학자의 말을 저는 《돌봄 인문학 수업》을 쓰면서 자주 떠올렸습니다. 신은 우리에게 고통과 즐거움, 슬픔과 기쁨을 주시지만 그것을 '의미'로 바꾸어내는 것은 인간의 몫입니다. 우리가 그것을 정직하게 잘 살아내고 성장한 후에 기록하고 표현하면 '의미'가 생겨납니다. 모든 인간은 모든 인간에게, 나아가 모든 존재에게, 돌봄의 태도를 지녀야 한다는 것이 오늘의 시대정신이라고 생각합니다. 더불어 우리의 경험에서 의미를 추출해내고 그것을 작업으로 보편화해서 다른 존재와 나누는 일은 역사 시대를 통틀어 인류의 보편적인 과제라고 생각합니다.

아무쪼록 많은 분들이 이 책에 실린 이야기와 그림들을 자세히 가만히 들여다볼 수 있는 시간과 마음의 여유를 가지기를 바랍니다. 그 안에서 여러 소중한 감정과 생각을 발견하기를 바랍니다. 또 그것들을 자신 안에 있는 또 다른 이야기와 그림과 연결시키기를 바랍니다. 마지막으로 그것을 여럿과 나눌 수 있는 또 하나의 이야기 혹은 그림으로 만들어내는 데까지 나아가기를 바랍니다. (용기, 용기, 용기! + ♥) 그런 씨앗이 이미 독자 여러분의 마음속에서 움트고 있으리라 믿습니다.

기획자의 말

2019년 5월, 여섯 명의 여성이 모였습니다. 여느 때보다 더웠던 날인 것 같습니다.

'나를 스토리텔링 하는 동화쓰기' 워크숍이었습니다. 아이가 있어 공동육아를 하며 서로 든든한 버팀목이 되어주던 사이지만, 이날은 왠지 서먹서먹하기도 했습니다. 누구는 글이 쓰고 싶어서, 누구는 내가 누구인지 알고 싶어서, 누구는 울 자리가 필요해서, 누구는 그냥 재미있을 것 같아서 이곳에 왔다고 했습니다.

3개월로 계획했던 워크숍은 그해 겨울에야 끝났습니다. 여름이 오고, 가을이 가고, 겨울이 오는 동안 여섯 명은 자신을 바라보고 깊어지기를 반복했습니다. 웃기도 많이 웃었지만, 울기도 많이 울었습니다. 누군가의 감정이 큰 파도가 되어 모든 멤버의 마음을 훑고 지나가는 날도 있었습니다.

　너무나 자연스럽게 '이것을 글로 써야겠다'라고 결심하는 시간이 왔습니다. 비로소 글쓰기가 시작되었지만 몇 번이나 글을 뒤엎다가 홀연히 강원도 바다로 떠나버린 이도 있었습니다. 무엇 하나 감추려고 하거나 부끄러워하는 것 없는 당당한 여성들이었기에 자신의 이야기를 온전히 글과 그림으로 표현해내는 것만이 어려움이었습니다.

　'D,D'는 특별한 뜻이 없는 무한 의미 생성 그룹입니다. '된장과 두부'든 '더 크게 더 높게'든 '덤비면 뒤진다'든 해석은 D,D를 마주한 독자 여러분의 몫입니다.

　책을 다 읽고 부모님 혹은 자녀에게 선물하고 싶은 마음이 일면 좋겠습니다. 《어쩌면 너의 이야기는》 여섯 명의 이야기지만, 독자님의 이야기이기도 할 테니까요.

　〈아리코〉와 〈최고의 하루〉에 그림 작업을 해준, 이야기의 등장인물이기도 한, 송선미 작가의 딸 고아리 양과 송현정 작가의 남편 박재용 님께도 진심으로 감사드립니다.

　모두의 마음에 나만의 이야기가 넘쳐흐르기를 기대합니다.

　감사합니다.

동화에세이 D,D 1집

어쩌면 너의 이야기

초판 1쇄 인쇄 | 2021년 8월 6일
초판 1쇄 발행 | 2021년 8월 10일

지은이 | 송선미, 오달빛, 구본순, 송현정, 권현실, 조은경
그림 | 고아리(아리코), 박재용(최고의 하루)

펴낸이 | 맹수현
펴낸곳 | 출판사 핌
출판등록 | 제 2020-000269호 2020년 10월 6일

주소 | 서울시 마포구 신촌로2길 19, 3층
이메일 | bookfym@gmail.com
전화 | 02-822-0422
팩스 | 02-6499-5422

총괄 프로듀서 | 맹수현
삽화 프로듀서 | 이선미
셀프 포트레이트 카운슬링 | 정상숙
교정교열 파이널 | 김은경
디자인 | 뉴트럴 애스펙트
표지 일러스트 | 이쿵
인쇄 | 마이프린팅
유통 | 주식회사 웅진북센

Thanks to

마포출판문화진흥원 PLATFORM P
비지엠케이필름 권봉근
촬영감독 김현옥
엘리펀트 스튜디오 박준석
에디토리얼 최지영
안온북스 이정미
옥돌프레스 안소민

ISBN 979-11-975299-0-0